edition suhrkamp 2013

Sein. Und Schein. Und Erscheinen. ist der Text einer Vorlesung, die Marlene Streeruwitz als erste Poetikdozentin im Wintersemester 1995/96 an der Tübinger Universität gehalten hat. Die Poetikdozentur, eine Stiftung des Ehrensenators der Universität Tübingen, Reinhold Würth, wurde 1995 eingerichtet; ihre wissenschaftliche Betreuung obliegt Jürgen Wertheimer.

Sein. Und Schein. Und Erscheinen. ist eine Streitschrift, in der analysiert wird, wie Frauen seit Jahrhunderten um ihre Identität in der Gesellschaft ringen, wie sie dafür bezahlen müssen – zum Beispiel im »kulturellen« Bereich, wo »seit Homer« Kriegstreiberei herrscht, wo »Sprachbesetzung« nur patriachalisch-imperial verstanden wird – und wie sich das auf den Ausdruck auswirkt.

Marlene Streeruwitz lebt als Autorin und Regisseurin in Wien.

Marlene Streeruwitz

Sein. Und Schein. Und Erscheinen.

Tübinger Poetikvorlesungen

Suhrkamp

edition suhrkamp 2013
Erste Auflage 1997

Erstausgabe

Satz: Hümmer, Waldbüttelbrunn
Druck: Nomos Verlagsgesellschaft, Baden-Baden
Umschlag gestaltet nach einem Konzept
von Willy Fleckhaus: Rolf Staudt
Printed in Germany

2 3 4 5 6 – 02 01 00 99 98

Sein.

In Mittelafrika gibt es einen Stamm, bei dem den jungen Männern zur Initiation der Bauch aufgeschnitten wird. Die Initianten müssen auf ihr und in ihr Inneres in der geöffneten Bauchhöhle blicken. Danach wird der Bauch wieder geschlossen. Und der junge Mann ist in die Gesellschaft aufgenommen. Mit allen Rechten des Mannes. Des Mann-Seins.

Ich hörte diese Geschichte im Radio. In einer Sendung über *Medizin bei Naturvölkern*. Die Berichterstatterin interessierte es, daß von der Prozedur des Bauchaufschneidens nur nadelspitzenfeine Narben zurückblieben. Daß es keine Infektionen gäbe. Und daß die Initianten aus der Ohnmacht, in die sie beim Anblick ihrer Eingeweide fielen, erfrischt und euphorisch aufwachten. Sie wiesen keine Symptome oder Nachwirkungen eines Schockzustandes auf. Kräuter und die Kraft der Suggestion wurden als medizinische Hilfsmittel angegeben. Dann führte der Bericht weiter zu Kopfoperationen im alten Ägypten. Und ich schaltete das Radio ab.

Ich hatte den Schock, der den Initianten erspart geblieben. Die Vorstellung, die Ältesten meiner Gesellschaft zwängen mich, mir den Bauch aufschneiden zu lassen, den Kopf anzuheben und in mein Inneres zu blicken. Diese Vorstellung macht mich immer noch schaudern. Ich müßte ansehen, wäre gezwungen dazu, das anzusehen, was ich zuinnerst bin, was sich mir aber immer verhüllt. Ich weiß nicht, ob mir eine Ohnmacht reichte, diesen Anblick, diese Situation zu bewältigen. Die

2. Überlegung zu diesem Vorgang ließ und läßt sofort Wut und Empörung in mir hochsteigen: Ich wäre ja ausgeschlossen von dieser Erfahrung. Alles mit ihr Zusammenhängende wäre ein vor mir ängstlich gehütetes und fernzuhaltendes Geheimnis. Ich dürfte mich nicht aufschneiden lassen. Ich dürfte mich auf diese Weise nicht erkennen. Ich bin eine Frau. Und deshalb ausgeschlossen.

Aber. Betrachten wir zuerst einmal den Vorgang dieser Initiation genauer. Nachdem die erste emotionale Abwehr des Bildes abgeklungen ist, läßt sich die ihm innewohnende Poesie zur Kenntnis nehmen. Handelt es sich doch um ein schönes Sinnbild dessen, was wir alle tun müssen. Wir tun es nur in einem anderen Zeitrahmen und in einer anderen Realitätsform. In steter Wiederholung und Neueroberung richten wir diesen Blick auf uns selbst. In uns selbst. Oder versuchen jedenfalls, diesen Blick zu lernen. Und anzuwenden. Auch bei uns sind es die Älteren, die uns unterweisen. Die diesen Blick zulassen. Oder verweigern.

Ich möchte Sie bitten, mir auf einer teilweise umständlich erscheinenden Wanderung zu folgen und mit mir zu untersuchen, wie dieser Blick in unserer Gesellschaft möglich ist. Welche Umstände welche Blicke gestatten oder bedingen.

Die Basis, auf der diese Untersuchung durchgeführt werden wird, ist die Geschichte von der Bauchaufschneiderei. Der Zielkontext, auf den bezogen die Fragen gestellt werden sollen, lautet: *Und was bringt mir das beim Frühstück?* Ich werde darauf noch genauer eingehen. Fürs erste schließen Sie richtig, daß diese Frage

vermeiden helfen soll, in ein selbstzweckisches Abstrahieren zu geraten. Oder der Versuchung zu erliegen, ästhetisierende Behauptungen um ihrer selbst willen aufzustellen.
Und. Eine weitere Frage erhebt sich an dieser Stelle: *Was hat das alles mit Poetik zu tun?*
Literarisches Schreiben und Lesen sind, wie alle Prozesse von Sprachfindung, mögliche Formen des In-sich-Hineinblickens. Sind Schnitte in die sichtbare Oberfläche, um tiefere Schichten freizulegen. Sind Forschungsreisen ins Verborgene. Verhüllte. Mitteilungen über die Geheimnisse und das Verbotene. Sind Sprachen, die das Sprechen der Selbstbefragung möglich machen. Und sie so zur Erscheinung bringen.
Im günstigsten Fall führt literarisches Schreiben und Lesen zu Erkenntnis.
Literarisches Lesen steht dem Vorgang der geschilderten Initiation in nichts nach: Wer hat noch nicht, wie vom Blitz getroffen, in ein Buch gestarrt – oder es in die Ecke geschleudert – und, vom Begreifen überfallen, nach Luft gerungen, weil eine Stelle, ein Satz, ja ein Wort in der ganz bestimmten Konfiguration des Textes etwas in ihr oder ihm getroffen hat. Für einen Augenblick wird so die Einsamkeit beim In-den-Bauch-Starren aufgehoben. Und zumindest die tröstliche Erkenntnis wird möglich, nicht allein zu sein. Daß ein anderer oder eine andere ein Gemeinsames wüßten. Das sind Augenblicke, die ich auf allen Ebenen von Literatur gefunden habe. Wenn auch öfter in ihrer Negativversion.
Diese Augenblicke sind dem Lesen vorbehalten. Der Schreiber oder die Schreiberin können das Gemeinsame

nicht wissen und werden es gültig aus dem eigenen Text nie erfahren. Sie bleiben mit ihrem Text immer allein.
In dieser Getrenntheit der Erfahrungen liegt für mich der Unterschied zwischen Schreiben und Lesen. Ich denke, daß beim Lesen das geschieht, was ich hinter dem Initiationsritus gerne vermuten würde. – Schon deshalb, um mir die Vorstellung davon erträglicher zu machen. – Es wäre ja auch möglich, daß dem Initianten die Operation vorgegaukelt wird. Es gibt einen Schnitt. Aber nur oberflächlich. Es gibt, von der Vorbereitungszeit bis zur Zeremonie, sicher unzählige Berichte über den Vorgang. Möglicherweise verbotene. Es gibt Sagen und Mythen. Es gibt die Angst. Aus einer so hochemotionalisierten Situation heraus dürfte es nicht schwierig sein, dem Initianten in einer Geheimzeremonie glauben zu machen, er hätte sein Inneres gesehen. Die festgelegte und kollektiv vorhandene Vorstellung davon liefert das Bild. Ist dieses Sehen mit einem Tabu belegt, dann darf der Initiant seine Erfahrung nicht verbalisieren. Sie gewinnt keinen Ausdruck. Bleibt so immer die Erfahrung selbst. Bleibt in der Unmittelbarkeit. Befreiung durch In-die-Sprache-Heben dieser Erfahrung wird so unmöglich gemacht.
Schreiben und Lesen sind für mich verschiedene Vorgänge. Eine Kongruenz dieser beiden Formen ist für mich nicht vorhanden. Worauf die formalen Literaturtheorien sich berufen, ist der Begriff einer »literacy«. Dieser Begriff bedeutet, daß in unserem Beispiel nur die Medizinmänner füreinander schreiben und voneinander lesen. Nur ihnen stehen alle Sprachen zu Entschlüsselung der Texte zu Verfügung und damit auch die Mög-

lichkeit, im Lesen den Text vollgültig neu zu schöpfen. Weiterzuschreiben.
Dem Initianten treten die eigenen kontextualen Strukturen zu dominant entgegen, als daß ein störungsfreier Empfang gewährleistet werden könnte. Und meist – und meist absichtlich – sind gar nicht alle Sprachebenen bekannt, die zur Entschlüsselung nötig wären. Aber. Über die Störungen, die im Rahmen des Sendevorgangs »Geschriebenes Lesen« entstehen, wird noch zu sprechen sein.
Dazu muß ich sagen, daß ich selbst formal arbeitete. Ich entwickelte eine strukturale Dramentheorie für meine Dissertation. Auch heute würde ich weiterhin das Operationale einer literaturwissenschaftlichen Arbeit in dieser Richtung suchen. Ich sehe nur, daß die Zeit des Kalten Krieges selbst hier ihre Spuren hinterlassen hat und daß mit dem Ausweg ins rein formal Wissenschaftliche die moralisch-kritische Aussage vollkommen vernachlässigt wurde. Es war doch die Zeit der 60er und 70er Jahre eine Phase, in der man den zu untersuchenden Gegenstand ernst angesehen hat, wohl alles begriffen, aber außer der Beschreibung des Gegenstands dann nichts gemacht hat. Gleichsam um das Gleichgewicht der Bombe zu erhalten, wurde keine wertende Aussage getroffen. Der Rest an zugelassenen Stellungnahmen wurde zwischen akademischer Kritik und Feuilleton aufgeteilt. Für die Erhaltung der jeweiligen Macht war es notwendig, die Sprachen der Älteren, der Medizinmänner der Gesellschaft, nicht in Frage zu stellen. Inhaltliche Kritik war Defätismus. Miesmacherei
Hier noch ein Wort zum Literaturbegriff: Ich fasse die-

sen Begriff so weit wie möglich und beziehe neben der Trivialliteratur auch Dialogisches wie Fernsehserien mit ein. Also alle Texte, die gelesen oder gehört werden. Vornehmlich im Alltag. Literarische Sonntagsmessen in Hochkultur interessieren mich nicht. Wenn – und hier gebe ich der Dekonstruktion recht – jeder im Lesen neu schöpfen kann, dann kann jeder und jede schreiben. Und sollte es auch tun. Über die Beschränkungen, die diesem Tun auferlegt sind, wird noch zu sprechen sein.

Befragen wir uns noch einmal zu unserem Ausgangsbeispiel. Was sieht der junge Mann in seinem Bauchinneren? Warum muß ihm das überhaupt gezeigt werden? Der geschundene Leichnam Jesu, an Klassenwänden hängend. Die zerwühlten Leichen aus Massengräbern, gezerrt in die täglichen TV-Nachrichten. Immer soll an die Möglichkeit des Todes gemahnt werden. Aber allgemein so. Der Blick des Initianten ins eigene Lebensinnere ist dagegen die Enthüllung des Körperinneren in aller Verletzlichkeit. Ist der Blick auf die eigene Endlichkeit. Auf den Tod. Auf den eigenen Tod. Ist der Blick auf jenes Ereignis also, dessen Einschätzung über unsere Einstellung zum Leben entscheidet. Und über die Funktion von Zeit und Freiheit in unserem Leben. Wie wir unseren Tod entwerfen, so wird unser Leben aussehen. Ob in Würde gelebt werden kann, bestimmt sich an dieser Entscheidung.

Unsere Tragödie ist natürlich genau diese Grundkonstellation: Daß auf das Leben der Tod folgt. Um wieviel einfacher sähe die Sache aus, könnte man zuerst sterben und dann leben. Eine Vorstellung übrigens, deren Verführungskraft sich die meisten Religionen zunutze machen. Wieviel einfacher wäre es, könnte man wissen und dann lernen. Erst zahlen und dann genießen. Sich erst voneinander trennen und dann zusammen leben.

Aber. So ist es nicht. Es muß gelernt werden. Und dann wird gewußt. Erst gelebt und dann gestorben. Wir müssen uns also auf diesen Endpunkt hin orientieren.

Dem zu initiierenden jungen Mann wird sein Tod vorgeführt. Er stirbt, bevor er erwachsen wird. Für ihn ist durch den Blick in sich das Sterben fürs erste erledigt.

Warum ist es aber nun so ein Unglück, lernen zu müssen, bevor man etwas wissen kann?

Damit sind wir bei den Medizinmännern unserer Gesellschaft und ihren Einflüsterungen. Wir werden geprägt – wie schon gesagt –, bevor wir beurteilen können, was das ist, was uns prägt, und eine Meinung dazu bilden können. Dazu werden wir uns noch ausführlich mit den verschiedenen Mechanismen auseinandersetzen, die diese Prägungen in den verschiedenen Lernstadien des Kindes betreffen.

Wir lernen, bevor wir der Sprache mächtig sind. Wir werden demnach geprägt von unausgesprochenen Bildern der Verdammnis und des Glücks. Von tabuisierten, weil sprachlosen Aufträgen, die in uns eingepflanzt werden, bevor wir in der Lage sind, diese Aufträge zu erkennen oder überhaupt zu begreifen, daß sie uns erteilt werden.

Lassen Sie mich das anhand eines persönlichen Beispiels erläutern. Einer meiner Medizinmänner war meine Großmutter mütterlicherseits. Ich war ein besonders gut sozialisiertes Kleinkind und wurde deshalb sehr früh in den Kindergarten oder in die Obhut dieser Großmutter gegeben. Meine Brüder beanspruchten die Aufmerksamkeit meiner Mutter vollständig. Sie waren nicht so gut sozialisiert, und man konnte sie nicht in eine Betreuung außer Haus entlassen.

Meine Großmutter war eine Bäurin in der Steiermark. Ich wurde auf dem Bauernhof in eine stark mit archaisch-heidnischen Merkmalen vermischte Katholizität eingesponnen. Mit dem Ergebnis, daß ich mit 5 Jahren wußte, daß ich eine Märtyrerin werden würde. Zu oft und zu begeistert hatten mir die Großmutter und ihre Kusinen von den Märtyrerinnen erzählt, deren Leiden bis ins grausamste kleinste Detail ausgemalt. Zu dominant waren die tiefen Stimmen dieser Frauen gewesen, die mir beim Beten die Hände zusammengepreßt und mir die Formeln vorgesagt, mit denen ich mir diese Leiden zur Erreichung höchster und ewiger Glückseligkeit herbeiwünschen mußte. Flehentlich.

Mich vergnügte das nicht. Ich erinnere mich noch an lange, heckenrosenbegleitete Wege, die ich entlangstapfte und mir dabei wünschte, eine der Spinnen in den Sträuchern zu sein und Spinnennetze machen zu können, statt dem bangen Schicksal als Märtyrerbraut Christi entgegenzugehen.

Die Notwendigkeit, in die Schule gehen zu müssen, entfernte mich aus dieser Welt. Daß sich dann, viel später, die tief verborgene Aufforderung zur Selbstzerstörung in Rilke-Gedichten dahin ausgewirkt hat, daß ich fürchterlich kitschige Gedichte an »Meinen Bruder Tod« schrieb, läßt sich als weitere Folge der damaligen Einflüsterungen sehen. Ja direkt darauf zurückführen. Rilke wurde ja auch schon aus den gleichen Quellen beeinflußt.

Nun. Dies alles hätte schlimmere Auswirkungen haben können. Ich jedenfalls habe aus dem Schreiben dieser Gedichte, dieser wirklich schlechten Gedichte, gelernt, daß ich, auf Sehnsucht programmiert, der Selbstaufgabe verfallen war. Oder zu verfallen drohte. Diesem von der Lyrik ästhetisierten Ausweg bin ich entkommen. Die Gedichte sind verbrannt. Man kann sich der Erbschaften ja entschlagen.

Um das zu tun. Um eine Erbschaft abzulehnen. Oder auch sie anzunehmen. Muß man wissen, was es ist, was da geerbt werden soll. Lassen Sie uns deshalb – höchst kursorisch – unsere Kultur nach diesen Erbschaften untersuchen.

In unserer Kultur westlich-christlich-jüdischer Prägung behalten wir den Blick dessen, der initiiert werden soll, ein Leben lang bei. Unser Tod ist ja ein Ziel. Ist die Initiation in das neue Leben. Der Blick wird also vom Konkreten ins Abstrakte gerichtet. Auf einen Gott, der den Blick des Initiierten besitzt und diesen Blick auf uns richtet. Dieser Gott kann in uns hineinsehen. Er erkennt uns. Wir aber müssen bis nach dem Sterben auf das Erkennen warten. Gottes Erkennen jedes einzelnen ist unverwandt und strafend.

Wir leben in Erwartung. Immerhin erwarten wir eine Ewigkeit. Um diese Erwartung aufrechterhalten und beschreiben zu können, wurde der Begriff der Zukunft erfunden. Einer abstrakten Zukunft, in die die Erfüllung jeder Sehnsucht verschoben werden kann. Höchste poetische Anstrengungen werden und wurden unternommen, dieser abstrakten Zukunft ein süßes Bild zu malen. Diese Zukunft ist eine Zeit, die sich immer aus der Vergangenheit begründet, die aber, immer selbst schon Geschichte, nie erlebt werden kann. Sehnsucht und Erwartung sind die Chiffren, die auf den Begriff Zukunft hin gebündelt sind. Die wie Überschriften über den Leben lasten und erst in den Grabinschriften erfüllt werden können.

Den eigenen Blick muß der westlich-christlich-jüdische Mensch auf seinen Gott richten. Er darf sich selbst nicht sehen. Es wird ihm gesagt werden, bedeutet, was er sich vorstellen soll. Glaube heißt das Medium dieser Gottrichtung des Blicks, das die Flucht aus der Gegenwart als Rettung vor einer immer verfehlten Vergangenheit in eine paradiesische Zukunft notwendig macht.

Ich habe alle diese Überlegungen in der Gegenwart gehalten, weil wir heute gar nicht deutlich genug den Anteil von Religion in unseren Lebensmythen herausarbeiten können. Bedenken wir, daß der amerikanische Präsident in Gottes Namen spricht. Folgerichtig trennt er denn auch den Außenhandel von den Menschenrechten. Erinnern wir uns, daß der Sozialist Mitterand in Notre Dame verabschiedet wurde. In allem kirchlichen Prunk. Wieso ist es folgerichtig, im Namen Gottes den Außenhandel von den Menschenrechten zu trennen?

Wir wissen, daß wir es dem Hirten zu verdanken haben, wie es gekommen ist. Die als Herde geführte Menschengruppe mußte hoffen lernen. Der Hirte mußte das Schaf glauben machen. Glauben, die Weide würde auch am nächsten Tag gesichert sein. Und den Winter über. Das Schaf hätte ja sonst allen Grund gehabt, für sich selbst zu sorgen. Sich seine eigenen Weidegründe zu verschaffen. Sich dem Hirten nicht zu überlassen.

Dem Schritt von der Jagd zur Weidewirtschaft in der Entfernung vom Maß des natürlichen Kreislaufs zum vom Menschen geschaffenen Prinzip der Monokultur haben wir die Herdenorganisation, das Geld, die Sprache und die Stellung der Frau anzurechnen.

Der Schritt von der Jagdgesellschaft zur Herde gibt dem Hirten furchtbare Macht. Anders als in der Jagdgesellschaft, in der Töten das gemeinsame Erlebnis darstellt, wird Töten zum geplanten Akt. Der Hirte bestimmt den Zugang zur Weide. Zugang zur Nahrung. Zugang zum Leben. Und. Damit sind wir schon im Heute angelangt.

Der Hirte bestraft die Streunenden. Und der Hirte bestimmt, wer mit am Tisch sitzen darf. Die Messen unserer Religionen stellen, hochritualisiert, diese Vorgänge dar. Die Frage, wer am Mahl teilnehmen darf, war in allen Zeiten der Grund aller Auseinandersetzungen. Die Asyldebatte handelt davon. Und die Frage, wer am Arbeitsprozeß teilnehmen darf, ebenso.

Wer am Mahl teilnehmen darf, bekommt einen Teil seines Gottes zu essen. Was uns daran interessiert, ist die Tatsache, daß der Blick nach oben zu Gott weiterhin als Möglichkeit existiert. Die in den Schulklassen hängenden Kruzifixe sind der konkrete Nachweis. In Österreichs Schulen ist das Morgengebet noch immer Vorschrift. Ist Teil des Konkordats mit Rom. Es wird nur stillschweigend weggelassen.

Die Renaissance eröffnete die Möglichkeit, den Blick auf sich zu richten. Auf die Erde. Auf Irdisches. Auf Natur.

Dieser Blick aber ist der Blick des Menschen, des Mannes, der sich mit Gott mißt. Ist Gottes Blick, simuliert.

An niemandem läßt sich diese Blickform schöner nachvollziehen als an Shakespeare, der sich das Schaffen von Menschen und ihrer Welten nimmt. Er verfügt dazu über eine Sprache, die auf dem Höhepunkt ihrer Ausdruckskraft ist und für 2 Zeiten Bedeutung zu schaffen vermag. Shakespeare baut sich ein Universum. In quasi göttlicher Haltung. Gnadenlos läßt er seine Helden- und Heldinnenversatzstücke ihr Schicksal entlangtaumeln, als gälte es, den Nachweis für die Unerbittlichkeit der Schöpfung zu erbringen. An der Geworfenheit dieser Figuren kann jeder Theaterregisseur wieder einen objektiven Gott simulieren. Kann zum Leben erwecken. Und die Schauspieler können Lazarus werden. Aus dem Nichts erstehen. Neu beginnen. Das alles ist Anteil an der Macht Gottes. An einer Gewalt, die uns Leben bringt und vorher die Seele kostet. Es kann das Grundschema von Täter und Opfer erkannt werden. Ein Grundschema, in dem jede Ursache von der Wirkung durch den Plan des Hirten getrennt wird. In dem das dunkle Schicksal entworfen wird, in dem das Opfer seinen Mörder nicht kennen kann, weil es erst Jahre nach dem Anschlag sterben wird.

Hirten wie Schafe waren zu allen Zeiten männlich. Es war also der männliche Blick, der sich langsam von einem hingegebenen Hinauf zu einem bewußten Selbst richtete. Der weibliche Blick mußte in Passivität erblinden. Sich in sich verschließen. Die arbeitsteilige Gesellschaft hat dieser Passivität im vorigen Jahrhundert in der

Hysterie zum reinsten Ausdruck verholfen. Die ohnmächtige Schau des Nichts in der Erstarrung von Astasie und Abasie. Nachdem das Toben und Schreien ein Ende hatte.

In der Geschichte des weiblichen Blicks, oder besser in der Geschichte des weiblichen Nicht-Blicks, spielt die Verbergung eine große Rolle. Während der männliche Blick – wie schon ausgeführt – immer die Simulation des göttlichen Blicks für sich beanspruchen konnte. Das mochte zwar ein Frevel sein, stand aber als Möglichkeit immerhin zu Verfügung. Die Frau wurde in fortschreitende Erblindung gedrängt.

Der Hirte läßt nur Auserwählte an seinen Geheimnissen teilnehmen. Der Hirte möchte immer alles wissen. Seine Herrschaft drängt, gleichsam von seiner Macht über den Zeitpunkt des Todes ausgehend, über das gesamte Leben hin. Als müßte er jederzeit wissen, wo der zum Tod zu Verurteilende sich aufhält, damit er jederzeit abgeurteilt werden kann. Die katholische Ehe, unter deren bedrängenden Nachwirkungen heute immer noch alle Beziehungen leiden, ist als Institution ein Ergebnis solcher Überprüfungsansprüche. Nicht ohne Grund war die Maria Theresianische Keuschheitskommission eine geniale Mischung aus Kirche und Polizei plus Zensurbehörde. Die gegenwärtige Auseinandersetzung zur Ehescheidung in Irland zeigt uns, wie sich dies ins Heute drängt. Wir sind in all diesen Chiffren weiterhin mittendrin. Das Chaos dessen, was wir erben, ist bei weitem größer, als es bei erstem Hinsehen den Anschein hat. Denken wir nur daran, daß die »family values« eines Newt Gingrich aus der gleichen patriarchalen Schatzki-

ste stammen wie der serbisch-kroatisch-bosnische Konflikt. Es geht immer um die Fixierung der Blickrichtung, um die Einsetzung von Hirten in ihre Macht und um die Zulassung zum Mahl durch sie.
Frauen. Frauen hatten also nie einen Blick. Es blieb der Frau immer nur der mittelbare Zugang über den Blick des Mannes zum Blick Gottes. Die beiden imperialen Blickformen, der Blick zu Gott oder Gottes Blick, simuliert, sind heute die beiden dominanten Blickformen, die zur Auswahl stehen. Es sind die Blickformen, in denen uns die Gesellschaft unterweist, noch bevor wir etwas begreifen können. Diese beiden Blickformen haben Sprache, ja sie sind die Sprache und basal verankert.
Die Moderne hat einen radikal anderen Blick entworfen. Einzig die Moderne hat den Blick im konsequenten Auf-sich-selbst-gerichtet-Sein in die Vereinzelung geführt und damit Freiheit ermöglicht. In logischer Konsequenz konnte die Moderne nur jeweils adäquate personale Sprachen entwickeln, die bei jedem Lesen neu dechiffriert werden müssen. Diese personalen Sprachen sind nicht in die Unterweisung in Sprache aufgenommen. Ihre Erringung bedarf immer der Anstrengung, sich der imperialen Blickformen zu entledigen.
Die beiden großen konsensualen, autoritären Sprachen des Blicks zu Gott und Gottes Blick, simuliert, diese beiden großen patriarchal begründeten Blöcke haben sich gegen die notwendig individualistisch zersplitterten Ausdrucksmöglichkeiten der Moderne durchgesetzt. Zwar muß »entfremdet« gelebt werden. Aber um der Frage des Wie des Sterbens aus dem Weg gehen zu können, behält man diese Blickformen zur Beruhigung in

der Hinterhand. Heute leben. Gestern oder vorvorgestern denken. In jeder Fernsehserie kann man sich dieses Konzept absegnen lassen.

Doch zurück zu den Erbschaften: Der kirchlich gesteuerte Blick ist weiterhin staatstragend. Der Blick Gottes, den jeder Mann zu simulieren vermag, fand und findet weiterhin seinen Ausdruck. Auch in der Kunst.

Jeder Frau stehen diese Blicke ebenfalls weiterhin zur Nachahmung zu Verfügung. Es gehört zur Logik patriarchal begründeter Systeme, daß man sich über solches aber lustig macht. Mann mokiert sich über Frauen, die so funktionieren wie Männer. Die Geschichte der Heiligen aller Zeiten illustrieren das. Und die KZ-Aufseherinnen, die so gerne als Beispiel angeführt werden, wie grauenhaft Frauen sich aufführen können, haben in ihrem System so gut funktioniert wie die besten Männer.

Wer den vorfabrizierten Blickrichtungen nicht folgen möchte, findet keinen eigenen Blick vor. Männer nicht. Und Frauen nicht. Aber gerade dann, wenn die Suche nach dem eigenen Blick begonnen hat, kommen einem die Erbschaften erst recht in die Quere. Männer sind hier besonders anfällig und fallen in ihre angestammten Blickrichtungen zurück. Denn die Sehnsucht wird die Suchenden plagen. Die Sehnsucht, implantiert als Erinnerung an die Erfindung der nie zu erringenden Zukunft.

Die Sehnsucht nach Erfüllung, nach dem großen, dem einen Ereignis, kaschiert 2 wichtige Erkenntnisse: Erstens, daß das Leben endlich ist und immer nur gegenwärtig erlebt wird. Daß also der Tod auch nur eine Gegenwart von vielen sein wird, die seine Geschichte gebildet haben werden. Und zweitens: Glück ist ebenso nur gegenwärtig zu erleben und in der Aufeinanderfolge solcher Momente episch. Die Sehnsucht behauptet ein dramatisches Glück. Die phallisch blutigen Phantasien des Futurismus sind die gültigsten Ausdrucksformen davon. Es wird uns verschwiegen, daß Glück ein bißchen langweilig ist. Ein bißchen fad vor der Folie der uns eingestanzten sehnsüchtigen Erwartungen. Und an dieser Lüge hat unser Kulturgut, unser Bildungsgut seinen gehörigen Anteil.

Wenn Frauen keinen Blick haben, dann können sie nichts sehen. Dann gibt es nichts zu beschreiben. Wenn also das Gesehene über den Männerblick wahrgenommen wird, dann kann dieses Gesehene auch nur mit der Männersprache beschrieben werden. Alles geborgt. Alles geliehen. Aus zweiter Hand.

Wir haben also diese beiden Blickformen geerbt. Und die Sehnsucht. Ein wolkiges wagnerianisches Gefühl, das uns allen Formen der Ausbeutung zuführt. Ein Gefühl, das immer und jederzeit zu genau diesem Zweck implantiert wurde. Die Ausbeuter haben gewechselt. Das Gefühl nicht.

Es ist eines der größten Vergnügen am Kinderhaben, zuzusehen, wie sich aus der Unzahl der Informationen und der Selbstversuche des Kindes Sprech- und Sprachfähigkeit herausschälen. Man erfährt aber auch die Ohnmacht gegenüber allgemeinen Einflüssen von außen. Ohnmacht vor allem dann, wenn diese Einflüsse Fluchten versprechen, rasche Auswege und Entkommen. Unterschlupf bei Nostalgien, seien es vergangene oder zukünftige. Möglichkeiten, die mit den Überschriften Glaube,

Liebe, Hoffnung versehen werden. Reaktionäre Gefühle einer vagen, alles invadierenden Verunsicherung, die unsere Gesellschaft auf stets neue Weise anbietet. Alkohol und Drogen sind davon nur die offenkundigeren Erscheinungsformen.

Das Kind wird also programmiert. Die Aufträge der Gesellschaft werden über die verschiedensten Medien – auch über die Eltern – verankert. Diese Aufträge sind verborgen. Es geht darum, sie aufzuspüren und zu beschreiben. Es geht darum, wie Karl May die Leben beeinflußt und was vom Grafen von Monte Christo zu lernen war.

Heute ist doch alles anders, heißt es. Das ist doch alles nicht mehr so. Denken Sie das jetzt?

Noch bis vor gar nicht so langer Zeit wurden diese Konzepte offen brutal und gewalttätig formuliert. Das Patriarchat hatte noch seine Spielwiese Nationalismus. In unseren Ländern wurde es dann etwas kleinlauter. Durch den verlorenen Krieg.

Heute geht diese Konzeptverwirklichung etwas chamäleonhafter vor sich. Die gewalttätige ödipale Auseinandersetzung wurde durch den sanfteren und meist nicht mehr auftretenden Vater, also den abwesenden Vater, ersetzt. Die sanftere Patriarchalität in allen Bereichen muß so nicht mehr bekämpft werden. Der Umweg in die Anpassung und Übernahme des Patriarchalen über den Kampf wird durch Klonung verkürzt. Die Söhne werden gleich wie die Väter. Eine Phase der Ablehnung ist beim nicht einmal mehr strafenden Vater nicht notwendig. Der Griff zum Blick Gottes, simuliert, kann gleich erfolgen. Die Gesellschaft fördert dieses Selbstbewußtsein durch tausend kleine Hinweise an das männliche Kind.

In Unterhaltungsangelegenheiten wird man neuerdings wieder fromm und geht in die Oper oder in Wagnerverschnitte wie in den »Terminator«, in dem die Sage vom rettenden Ritter fortgeführt wird. »Hasta la vista, Baby!« ist da die formelhaftere Verabschiedung des Mörders von seinem Opfer zum umständlicheren

»Wehe, rief der König, tot von Weibes Hand
Liegt der beste Degen, den man auf Erden fand,
Der je in Stürmen weilte und je den Breitschild trug.
Wie feind ich ihm gewesen, es ist um ihn mir leid genug.«

Die Befreiung von den Eltern ist die erste Auseinandersetzung und neben der kindlich lustvollen Welterfassung die zweite sprachbildende Ebene. Die Nein- und Zornzeiten des Kindes fordern zur Antwort Argumente oder Unterdrückung heraus. Beides komplexe Sprachebenen. Komplizierter als die einfache Lernebene.

Denn irgendwann kommt der Augenblick des Begreifens. Der Augenblick des Abschlusses eines Begreifensprozesses. Irgendwann wird die Selbsthaftigkeit der Person begriffen. – Und sei es nur in depressiver Verstimmung über die Langeweile des Lebens. – In diesem Augenblick wird die Möglichkeit offenbar, daß selbst gelebt werden kann. Also frei.

Stellen wir uns vor, eine Mutter in einem Kaufhaus. Das Kind, auf den Boden geworfen, weigert sich weiterzugehen. Schreit gellend. Der Ausgang dieser Szene entscheidet über die Einstellung der Gesellschaft zu dem Kind und des Kindes zur Gesellschaft. Wird geduldig argumentiert? Wird das Kind zurückgelassen und ihm die Entscheidung überlassen, sich zu beruhigen? Oder nachzukommen? Entscheidungen, zu denen das Kind nicht fähig ist. Wird es einfach abtransportiert? Oder gibt es Schläge? Wie autonom oder angepaßt die Mutter auch sein mag. Das Kind holt sich in dieser Szene die Bestätigung seiner Abhängigkeit. Das Kind braucht die Mutter. Die Mutter ist Hauptbestandteil des kindlichen Allanspruchs. Und es haßt die Mutter, weil sie es – nicht zuletzt zur eigenen Sicherheit – in eben diesem Anspruch behindert. Behindern muß.

Untersuchen wir genauer, welche Vorgänge hier ineinandergreifen.

Ich gehe davon aus, daß Erkenntnis von Freiheit möglich ist. Ich gehe aber auch davon aus, daß alle dominanten Ausdrucksformen unserer Kultur diese Erkenntnis aktiv unterdrücken, indem die ersten Versuche, frei zu sein, in der Abtrennung von der Mutter mit Sprachverboten belegt werden.

Was geschieht in der Kindheit?

Das Kind erkennt seine Unfreiheit. Daneben erfährt es – hoffentlich – Zuwendung und Geborgenheit. Solidarische Lebensbewältigung nach dem guten alten Gesellschaftsvertrag, der in bezug auf diese weiblichen Pflichten ja nie seine Wirkung verloren hat. Aber der Wille zur Freiheit wird sich durchsetzen. Das Kind wird mehr oder weniger gewalttätig wegstreben.

Die Mutter dagegen hat an irgendeinem Punkt der Schwangerschaft oder des Babydaseins des Kindes ihre vollkommene Unfreiheit wegen dieses Kindes erkennen müssen. Sie muß erkennen, daß sie sich von dieser Existenz nie wieder befreien kann. Sie wird diese Unfreiheit in der Schwangerschaft oder der Stillperiode noch zusätzlich als körperliche Beschwerung erfahren. Und sie wird in diesen seltsamen Zeiten der Doppelheit noch eine Leib-Seele-Problematik zu bewältigen haben, die die Fragen ihrer Identität und ihres Todes betreffen, der nun – Gipfel aller Unfreiheiten – nicht mehr ihr alleine gehört. Daß in diesem Zustand der Ohnmacht, der ohnmächtigen Auslieferung an das Schicksal Melancholien bis zur Lebensverweigerung auftreten, halte ich für eine logische Konsequenz. Denn – und hier liegt das eigentliche Problem – es gibt keine Sprache, die den Bereich der Mutterschaft sprechbar machte. Das Patriarchat benötigt und benötigte die sprachlose, in ihr Schicksal verstoßene Mutter zur gehorsamen Reproduktion seiner Gebote und Verbote. Zur ewigen Wiederholung der Macht über die Bestrafung des Kindes in seiner Existenz.

Der nie aussprechbare und damit nie zu bannende Vorwurf, daß das Kind zur Unfreiheit der Mutter existiert, ist der erste Schritt beim Erlernen des Ertragens der Unterdrückung und Machtlosigkeit als Kind, um dann später in die eigene Ausbeutung der einmal erlittenen Unterdrückung einzutreten, indem man nun als Erwachsener selbst unterdrückt. Zum Beispiel die eigenen Kinder. Und das alles, ohne auch nur einen Gedanken dazu fassen zu können. Das alles bleibt in Gefühlen beschlossen, denen keine Sprache zum Ausdruck verhelfen kann. Die unbeschreiblich bleiben müssen.

Der Vorwurf der Mutter dem Kind gegenüber ist mit

besonders strikten Tabus belegt. Die scharfe fundamentalistische Sprache der Abtreibungsgegner illustriert das. Der Vorwurf ihrer verlorenen Freiheit darf von der Mutter nicht formuliert werden. Zu sagen, frau wolle dieses Kind nicht, ist vollkommen unmöglich. Die einzige Sprache, die in den einsamen Augenblicken der Unverrückbarkeit des Mutter-Seins zu Verfügung steht, ist der Ausdruck der Ohnmacht. Oder Aggression. Autoaggression. Wie Selbstmord, erweiterter Selbstmord. Aber selbst in den Extremformen bleibt der Ausdruck im Sprachlosen. Die Schuldfrage ist in solchen Fällen rasch geklärt. Psychologie und Pädagogik betreiben diese Schuldklärung hochwissenschaftlich. Der Satz »Ich hatte eine schwere Kindheit. Eine schwierige Kindheit.« wälzt alle Verantwortung auf die Mutter ab. Ohne daß sie erwähnt wird. Erwähnt werden muß.

Die Mutter ist also allein und sprachlos. Die Umgebung wird sie fragen, ob sie sich denn nicht auf ihr Kind freue. Ob sie vielleicht noch nicht bereit sei, die Schwierigkeiten dieser Rolle auf sich zu nehmen. Wolle sie nicht ganz einfach glücklich sein?

Mit mehr oder weniger Geschick, zu verdrängen, wird die Frau dann mehr oder weniger zwangsglücklich.

Ich möchte noch anmerken, daß die Entscheidung für das Kind erfolgt, bevor gewußt werden kann, welche Folgen das hat. Eine blinde Entscheidung. Es gibt keine Sprache, in der diese Erfahrung von Frauengeneration zu Frauengeneration weitergegeben werden kann. Die nebulose Mitteilung »Warte nur, bis du selber Kinder hast!« ist nur imstande, die patriarchale Drohung zu spiegeln, die dem die Macht übernehmenden Sohn voraussagt, daß es ihm wie dem eben besiegten Vater gehen werde.

Eines Tages beginnt das Kind Freiheit zu erkennen. Und damit die Unfreiheit, die in der Mutter-Kind-Bindung enthalten ist. Und so wie das Kind von der Mutter als Verursacher der Unfreiheit erkannt werden muß und deshalb gehaßt wird, muß das Kind – aus demselben Grund – die Mutter hassen. Diese Situation, in die Tiefen unausdrückbarer Gefühle verdrängt, erlaubt dem Patriarchat gemütliches Regieren. Solidarität von Kindern und Müttern ist die gefürchtete und deshalb tabuisierte Situation. Jokaste mußte dafür büßen. Und gut konditioniert hat sie sich auch sofort selbst gerichtet dafür, daß sie ihren Sohn nicht gehaßt hat.

In den Hexenverfolgungen wurden die letzten überlieferten Frauensprachen zu diesem Bedeutungskreis systematisch zerstört und der Informationsfluß zwischen Müttern und Töchter endgültig unterbrochen. Erinnern wir uns, daß der zweite Hauptvorwurf neben dem der Vereinigung der Hexen mit dem Teufel – also mit dem Bruder/Sohn Gottes, jedenfalls mit dem ödipalen Konkurrenten – die Durchführung von Abtreibungen und Liebeszauber war. Befreiung vom Kinderzwang.

Es gab also einmal eine Frauensprache, in der die Fragen der Fortpflanzung und Sexualität besprochen werden konnten. Und Lösungen zu finden waren. Diese Frauensprachen scheinen hochritualisiert gewesen zu sein. Anklänge an alte Kommunikationsformen wie den Tanz und Gesang scheinen enthalten gewesen zu sein. Essen und Trinken gehörten zu ihren Ausdrucksformen.

Heute dominiert der – löblicherweise – bei der Geburt

anwesende Vater im Wehenzimmer und Kreißsaal. Sprachlich. Er muß die Atemübungen nicht durchhalten. Durch seine aufrechte Haltung ist er der dominante Fokus der Aufmerksamkeit. Er kann überprüfen, ob das Kind das seine ist. Ihm kann kein Wechselbalg untergeschoben werden. Eine der Urängste des Patriarchen ist so gebannt. Und er nimmt das Kind und legt es der Frau in die Arme. Der heutige patriarchale Infantizid findet ja schon im Kaffeehaus statt, wenn der Mann der Frau mitteilt, sie solle seinetwegen das Kind besser abtreiben.

Das Patriarchat hat also den Kreißsaal übernommen. Endgültig. Vorbereitet wurde dieser Sieg durch das jahrhundertelange Zerschlagen der Spinnstubengemeinschaft der Frauen in der Hexenverfolgung. Womit die Frau mundtot gemacht wurde. Endgültig. Kein Gymnasion. Kein Oxford oder Cambridge, um jahrhundertelang die Sprachen zu pflegen und zu verfeinern, in denen die Welt besprechbar gemacht wird und damit gemacht.

In der Kindheit jedenfalls. In dieser Zeit der Konstituierung der Sprachlosigkeit als grundlegende Ausdrucksform wird dem Kind umfassend klargemacht, daß es am Leben bleiben darf und dafür dankbar zu sein hat. Die Mutter ist stumme Handlangerin der Medizinmänner, die die Lebenserlaubnis erteilen.

Was tun die Medizinmänner? Sie zeigen dem Initianten ihre Macht. Sie können den Bauch auch offenstehen lassen. Den Initianten sterben lassen. Es wird eine Art Vertrag vor der Initiation geschlossen. Der Initiant unterwirft sich den Regeln – vor allem denen nach der Initiation. Er beweist seinen guten Willen, indem er sich der Prozedur unterzieht. Die Medizinmänner erfüllen den Vertrag – indem sie das Ritual durchführen und zu einem guten Ende bringen.

Das Grauen, die Angst des Initianten vor der Initiation muß ungeheuerlich sein. Das Kind unserer Gesellschaft ist in einer vergleichbaren Situation. Es wird von der Gesellschaft weiterhin entschieden, ob es leben darf. Es bedarf nicht gleich der traurigen Statistiken der Kindesmißhandlung und Kindestötung. Und es bedarf auch nicht der Berichte über chinesische Waisenhäuser. Schon das Gebot, »ruhig zu sein, der Papa kommt aus dem Büro und braucht Ruhe«, wenn der berufsgestreßte Vater am heimatlichen Herd zusammenbricht, erinnert daran, daß es diesem Menschen zu verdanken ist, überhaupt da zu sein. Erinnert an die Verwunderung über die eigene Existenz. Und damit sofort an die Möglichkeit, nicht zu sein. All diese Erinnerungen laufen erneut auf der Gefühlsebene ab. Erneut sprachlos.

In den USA werden im »Memory-Retrieving-Verfahren« neuerdings nicht nur Szenen sexuellen Mißbrauchs der Klienten aufgefunden. Die Menschen erinnern sich in den Sitzungen an Ritualmorde, die ihre Eltern begangen haben. Sie sehen, wie ihre Eltern Kindesleiber aufs furchtbarste zerstückeln. Sigmund Freud wird in den Medien dafür verantwortlich gemacht und verdammt. Als hätte er diese Schreckensbilder erfunden. Ich finde, zu Unrecht. Diese Märchenbilder, aus Angst geboren, sind folgerichtige Phantasien. Entstanden aus der sprachlos vermittelten Erpressung des Kindes in die Angst. In die Angst um sein Leben.

Die Situation des Kindes mit Mutter und Vater ist in

unserer Gesellschaft schwieriger denn je. Kinder zu haben ist im Lauf dieses Jahrhunderts zu einer Privatangelegenheit geworden. Ist zur Lebenserfüllung und zum Lebensziel geworden, das sich ausschließlich im Persönlichen erfüllen soll. Die Situation muß ins heiter und glücklich Erfüllte gedrängt werden. Sonst hätten ja alle versagt. Eltern wie Kinder. Tief unter dieser Fernsehserien-Idylle, die sich immer am äußersten Kitsch mißt, verlaufen die elementaren Strukturen. Ist alles gleichgeblieben. Weiterhin macht die Sprachlosigkeit die Situation nicht beschreibbar, nicht eingrenzbar und transportiert den Infantizid wie den Patrizid weiter. Vielleicht ist er nur in dem Satz verborgen »Wenn ich gewußt hätte, wie schlimm du bist, dann...« Solche Sätze lassen alle Möglichkeiten offen. Auch die schrecklichsten. Nach Canetti entspringt jede Strafe der Todesstrafe, jeder Befehl dem Tötungsbefehl, jedes Urteil dem Todesurteil. Kindererziehung ist weiterhin von diesen drei Bewegungsformen geprägt.
Es gibt für die Beschreibung der Situation den Rest einer Sprache: Die Märchen. Die Romantik rettete das Märchen zwar in die Aufzeichnung, verkehrte aber gleichzeitig die Aussage durch Psychologisierung ins Gegenteil. Zwar wurde das dunkle Schicksal im Märchen nicht durchschaubar, aber es wurde beschrieben. Die immer wiederkehrenden Motive deckten zumindest auf, daß es sich um ein System handelte, unter dem gehandelt wurde. Das Märchen bereitete auf die Unerbittlichkeit patriarchal gelenkten Schicksals vor. Die Psychologisierung setzte dagegen das Individuum schuldhaft anstelle der dunklen Mächte. Gut und Böse waren keine klaren

Gegensätze mehr. Mit »gut sein«, also mit Anpassung, könnte man das Schicksal für sich entscheiden. – Schneewittchen überlebt nicht, weil sie schöner und jünger als die Stiefmutter war, sondern weil sie ein braves Mädchen ist. Die im Märchen wirksame Todesdrohung wurde so im vorigen Jahrhundert in eine Selbstbedrohung verwandelt. Aus dem Märchen wurde ein Erziehungsmittel, und es wurde seiner Entlastungsfunktion völlig beraubt. Das Patriarchat hatte auch hier die Verdrängung erreicht: Die Todesdrohung wird vermittelt. Die hinter dieser Drohung verborgene Macht wird aus der realen Welt in die Seele der Menschen verlegt. Gehorsam ist das Ergebnis. Das Märchen vermittelt die Bedrohung, wie andere Erziehungsmittel auch. Die Bedrohung, die die in tiefen Schichten unseres Unterbewußtseins gelagerten Informationen über unsere Unwertigkeit verstärkt, die da als Leere gespeichert ist. Freud hat diese Leere beschrieben, die sich nur in Träumen Ausdruck verschaffen kann. Und in Lebenskonzepten, die denen, die sie entlanggehen, nie bekannt werden können. Freud hat diese patriarchale Informationsstrategie beschrieben. Gefragt, ob es so sein muß, hat er nie. Muß eine Ebene der Sprachlosigkeit den Menschen konstituieren?

Diese basale Sprachlosigkeit drückt sich in Angst aus. In der Programmierung der frühkindlichen Angst wird die Geschlechterdifferenz entschieden. Angstverdrängung macht den Mann. Angstgegenwärtigkeit die Frau. Der Mann verdrängt seine Angst und kann so zum Täter werden. Er bezieht Angst nicht mehr auf sich und ist so in der Lage, die fürchterlichsten Dinge zu tun, weil er die grauenhaftesten Taten nie auf sich beziehen kann. Die Frau ist das immer gegenwärtig Ängstliche. Immer besorgt. Immer bereit, alles auf sich zu beziehen. Immer in der Lage mitzuleiden. Eine Mutter braucht die Phantasie der schrecklichen Ereignisse, um das Kind vor diesen schützen zu können. Der Mann braucht das völlige Fehlen dieser Phantasie, um den Sohn im Töten unterrichten zu können. Die Frau bleibt so immer manipulabel. Immer in Angst und Schrecken zu halten. Es sei angemerkt, daß der Mann durch seinen Zwang zur Tatdemonstration natürlich nicht weniger manipulierbar ist.

Eine emanzipierte Frau ist demnach eine Frau, die sich der Dauerängstlichkeit entwunden hat. Als Frau ist sie dadurch nur noch schwer wahrnehmbar, weil sie ein wichtiges Erkennungsmerkmal des Weiblichseins abgelegt hat. Es nimmt nicht Wunder, daß der Krieg der Geschlechter um die Jahrhundertwende seinen Höhepunkt erreicht hat. Die Disparität der Angstverarbeitung war vollendet. Dem national unerschrockenen Mann stand die verschreckt, nur noch im Sinnlichen ausdrucksfähige Frau gegenüber, die den Mann an seine Verdrängung und an das Verdrängte erinnern mußte. Ungemütlicherweise. Der »Cornett« von Rilke liest sich diesbezüglich besonders interessant.

Was bedeutet nun die immer wieder erwähnte weibliche Sprachlosigkeit?

Das Mädchen muß seine Unwertigkeit erkennen, der Mutter die durch seine Existenz verlorene Freiheit über ein erfolgreiches Männerleben nicht zurückzahlen zu können. Wie der Sohn das kann. Und muß.

Als junge Frau wird sie die Erkenntnis von Freiheit erwerben, die sie aber erst nur männlich simulieren kann. Gibt sie den Weg zur Freiheit da noch nicht auf, steht ihr die bittere Erkenntnis des Frau-Seins bevor. Die Kenntnisnahme der Nicht-Rangigkeit. Es ist eines der schwierigsten Unternehmungen, in aller Denkbarkeit die eigene Unwertigkeit aufgrund des Weiblichseins zu formulieren. Sich also diesen Zustand einzugestehen, ihn auszusprechen und daran oder davor nicht schon zu verzweifeln. Die Unwertigkeit nicht für sich zu akzeptieren, ja einen Eigenwert für sich zu konstituieren. Diese Eigenwertigkeit muß sprachlich beschreibbar gemacht werden, um in Erinnerung bleiben zu können. Historisch werden zu können und damit tradierbar. Die Frau muß ein unverdrängtes stolzes Bild von sich entwerfen. Aber. In alle diese höchst schwierigen existentiellen Prozesse, hinter denen ich noch einen umfassenderen Akt weiblicher Erkenntnis vermute, zu dem aber heute noch Alter und Weisheit notwendig sind, damit dieser Zustand überhaupt ertragen werden kann – in all diese Prozesse platzt dann, vom Schicksal diktiert oder selbst gewollt – die Ursachen bewirken keinen strukturellen Unterschied –, die fatale Reversion der Vorgänge in die umfassende Unfreiheit der Mutterschaft.

Für alle diese Vorgänge müßte jede Frau ihre eigenen Sprachen finden. Erfinden. Müßte sich selbst beschreibbar machen. Diese Sprachfindungen werden unter dem Titel »Frauenliteratur und Therapieliteratur« noch gesondert zu besprechen sein.

In diesem sprachlos-chaotischen Raum finden die Kindheiten statt. Diese Grundstrukturen der Sprachlosigkeit betreffen jeden und jede als ehemaliges Kind.

Kehren wir zurück zu unserem Beispiel der Initiation. Die ersten Blicke ins Innere werden also in unserer Gesellschaft im Sprachlosen belassen. Über die sprachlose Mutter werden patriarchale Antworten auf das nie gesehene Selbst gegeben. Wird die Selbstbefragung durch Ablenken des Blicks ins Imperiale/Göttliche verhindert. Apollinische Ideale werden entworfen und das Scheitern an ihnen durch die geschilderte Sprachlosigkeit hergestellt. Das patriarchale System, in dem der Sieg verlangt, aber nie möglich ist, bedient sich unserer ersten Sprachlosigkeiten zu seiner Erfüllung. Wir sind ein Leben lang mit diesen Leerstellen beschäftigt. Leerstellen, die Invasionen von autoritären Konzepten geradezu herausfordern.

Die Grundfrage, die an Texte gestellt werden muß, ist die Frage, ob es sich um Medizinmänner handelt, die die Blickrichtung bestimmen und die Schau des Selbst vorflüstern. Oder ob es sich um Texte handelt, die den eigenen Blick suchen und die zurück zur Selbstbefragung führen und damit zur Möglichkeit, der Angst vor dem Blick in sich eine Sprache zu finden und die Angst aus dem Nichts in ein Beschreibbares zu entbergen.

In einer Wechselwirkung von kritischem Lesen und eigenem Schreiben müßten wir einander alle Geschichten erzählen, die möglich sind. Das betrifft nicht nur die Frauen. Das betrifft Männer ebenso. In der Tatsache, daß jeder und jede ein Kind gewesen war, bevor er oder sie begreifen konnte, liegt die Notwendigkeit, sich in einer eigenen Sprache ein Selbst zu schöpfen.

Was heißt das fürs Frühstück?

Sie werden über den diskriminierenden Witz in Ihrer

Morgenzeitung nicht mehr lachen können, weil Sie erkennen, daß das, worüber Sie lachen sollten, eigentlich Sie persönlich meint. Dafür können Sie über diese Erkenntnis lächeln. Erfreut lächeln. Und »Denken ist schön« denken.

Und Schein.

»Die Regeln«, seufzt Hauptkommissar Derrick in der Folge »Die zweite Kugel« der Fernsehserie »Derrick« vom 5. Jänner 1996, »die Regeln, die einmal das Zusammenleben geordnet haben, die gelten eben nicht mehr.« Und ein in dieser Folge auftretender blutjunger und sehr attraktiver katholischer Priester träumt mit idealistisch in die Ferne gerichtetem Blick: »Wenn man sich an die Regeln hält, dann verliert man den Boden unter den Füßen nicht.«

Wir haben hier die Aussagen von 2 Männern vor uns, die sich, nostalgisch argumentierend, Ordnung, also die eine Sprache, die eine eindeutige wünschen. Die sich zurückgewandt der Sehnsucht hingeben. Diese beiden Männer sind Vertreter zweier Ordnungsblöcke. Der Polizei und der katholischen Kirche. Bereiche, in denen man die Gegenwart immer für schlechter hält als die Vergangenheit. Und zwar jede Gegenwart so. (Die Kirchengeschichte ist ein schönes Beispiel dafür, wie eine jeweils beklagte Gegenwart der Sitten in eine Vergangenheit verwandelt wurde, die dann durchaus wieder herbeisehnenswert erschien.) In beiden Bereichen kann immer auf die Gründungszeit zurückgegriffen werden: Also damals, als Jesus... Unter Peeler, dem Gründungsorganisator von Scotland Yard, war auch alles besser und wäre so – wie heute – nicht möglich gewesen. Es ist nie so, wie es einmal war. So. Wie es nie gewesen. Historismus pur.

Hauptkommissar Derrick und der katholische Priester sind Vertreter jener Machtzentren, die die totalen Ansprüche des Hirten besonders deutlich vertreten. Die

Kirche will alle Menschen eingemeinden. Die Polizei kann erst zufrieden sein, wenn alle eingesperrt sind.
Diese totalen Ansprüche sind als solche heute vordergründig nicht wirksam. Bei uns zumindest. Das kollektive Bewußtsein der Postmoderne, das sich als Schmelztiegel der Kommunikation begreift, versteht auch noch andere Sprachen als die des Hirten. Diese allerdings auf verschiedenen Ebenen. Denn neben der unglaublichen Erweiterung der Kommunikation gibt es eine Rückkehr zu dieser Sprache des Hirten in Regionalismen. Bei Betonung ethnischer Strukturen.
Die Fundamentalismen, die Hirtensprache sind derzeit etwas in den Hintergrund gedrängt. Aber. So lange sind die Zeiten nicht entfernt, in denen die unbehinderte Dominanz der irdischen Angst durch die Polizei und der himmlischen Angst in der Kirche zur totalen Einverleibung der Menschen geführt hat. Und Hauptkommissar Derrick eine Ordnung vorgefunden hätte.
Betrachten wir, bevor wir weitere Schlüsse ziehen, noch einmal unser Beispiel der Initiation. Diese Initiation ist ein Vorgang, der nach Regeln abläuft. Nach harten, unerbittlichen, nicht beugbaren Regeln. Da es sich dabei wahrscheinlich um das Ritual einer Jägergesellschaft handelt, würde durch das Bestehen der Prüfung und damit der Einhaltung der Regeln Teilnahme hergestellt. Der junge Mann darf nach der Prozedur an der Jagd teilnehmen. Er darf am Töten teilhaben. Er darf am höchsten Akt der Unmittelbarkeit teilnehmen. Er darf morden.
Genaugenommen ist jede Sehnsucht nach unmittelbarem Leben, wie sie in der gegenwärtigen Vernunftkritik

geäußert wird, letztlich Sehnsucht nach dieser Teilnahme.
Aufgeklärterweise verbietet sich das. So wie sich die letzten Reste dieser Form bei uns, nämlich die Jagd, verbieten. Der Jagd, mit ihren Zulassungsregelungen, Verbänden, Gemeinschaften und Ritualen, die sich rasch als herschöngeredeter Sprach-Verband von Mordbuben herausstellt. Daß Frauen mittlerweile daran teilnehmen, ändert an einer solchen Definition nichts. Es ist bekannt, daß der ökologische Grund für die Jagd auf Zweckbehauptungen beruht und nicht stimmt. Das einzige Ziel der Unternehmung ist, ein ganzer Kerl zu sein. Ein Mann. Und zu töten. In ein Mysterium einzutreten. Interessanterweise rekrutiert sich aus Jagdfreundschaften das, was Seilschaften genannt wird. Männerrotten zur Vermehrung der Beute. In allen Bereichen der Gesellschaft tätig.
Übrigens: Die Vorgesetzten, die ich selbst hatte, waren fast ausnahmslos Jäger. Sie kamen von ihren Jagdausflügen keinesfalls entspannter ins Büro zurück. Die psychische Entlastungsfunktion, die noch immer als Argument für die Jagd eingesetzt wird, scheint mir nicht zuzutreffen. Eher das Gegenteil. Eine gewisse Gereiztheit war zu bemerken gewesen. Sollte das an der Anpassung an die zwangspazifierte nachagrarische Gesellschaft liegen, in der nicht einfach herumgeschossen werden darf? Gewöhnlich jedenfalls nicht.
Unmittelbares Töten ist in unserer Gesellschaft gemeinhin nicht zugelassen. Der Zugang zu Waffen ist mehr oder weniger eingeschränkt. Der Gebrauch von Waffen wird den jungen Männern gelehrt. Dieser Gebrauch

wird aber wiederum in ein striktes Regelsystem eingebaut, in dem der junge Mann sprachlos den Befehlen der Vorgesetzten zu gehorchen hat, damit er immer so funktioniert, wie der Befehlende es will. Er wird darauf gedrillt, möglichst rasch selbst Befehlender zu werden und sich so der von Canetti beschriebenen Befehlsstacheln zu entledigen.

Erinnern wir uns: Der Hirte lenkt die Herde. Töten ist kein ekstatischer Akt einer Auseinandersetzung der Rotte mit dem gejagten Tier. Töten ist Schlachthof geworden. Geordneter Plan. Nicht das Kräftemessen oder die List des Jägers und die Wendigkeit der Beute bestimmen den Zeitpunkt des Mordes. Der Plan des Hirten entscheidet über die Lebensdauer des Schlachtviehs. Die Mordmaschinerie des Nationalsozialismus ist hiervon sicherlich die extremste Form der Durchführung.

Erinnern wir uns weiter: Wir sind die Herdentiere mit der vom Hirten eingepflanzten Sehnsucht, damit wir freiwillig und ohne große Umstände unsere Aufträge erfüllen. Derzeit äußert sich dieser Auftrag hauptsächlich als Scheinauftrag zu kaufen. Eigentlich aber geht es immer um Leben und Tod. Canetti hat das für den Befehl herausgearbeitet. Daß jeder Befehl sich auf den Tötungsbefehl zurückleiten läßt. Ich möchte das auf das gesamte Netz an Aufträgen erweitern, die uns für unsere Lebensgestaltung mitgegeben werden. Hier wieder dominant vom Kulturgut als dem Wahren, Edlen, Guten und Schönen verführt, sind wir schlafende Agenten des Patriarchalen. Zu reden ist von Mord. Die Sprache konstituiert sich darin und ist vorgeschobener Schein, den Plan des Hirten zu vermitteln. Der Auftrag heißt Töten.

Kriegsbereitschaft hieß das im Nationalismus. Und die Kriegsvorbereitungen sind nie unterbrochen worden. Gingen immer weiter.
Es müssen nur die Grundmechanismen der Aufträge in Gang gesetzt werden, dann funktioniert es wieder. Die schlafenden Agenten werden aktiviert.
Jugoslawien. Das Land wird in den Medien als balkanisch-rückständig, historisch belastet dargestellt. Und das wird dann auch als Grund für all das altmodische Morden angenommen. Ich denke, daß dort nur einige Gruppen wirklich Interesse am Morden hatten und es deshalb durchsetzten. Sicher sind patriarchale Religiosität und der große Anteil an Landbevölkerung einem solchen Aufflammen der Gewalt zuträglich. Aber diese Voraussetzungen finden Sie überall in Europa. In anderen Gegenden wird das Morden zur Zeit als geschäftsstörend angesehen. Das kann morgen anders sein. Es gibt überhaupt keinen Grund, über die Vorkommnisse erstaunt zu sein. Solange Ideale über Menschenleben gestellt werden, wird es diese Ereignisse geben. Die Ideale, die, früh eingespeichert, den Menschen als Sammelplatz für ihre eigene Vernichtung dienen. Die Hirten kommen immer davon.
Saßen sie nicht wieder fesch da. In Paris. Zur Unterzeichnung des Friedensvertrags. Nichts vom Dreck und der Kälte. Vom Blut und dem Geruch zerfetzter Leiber. Ich denke, daß schon die Diskrepanz der Bilder erhellend sein sollte. Aber. Wie wir wissen, sind die Herden zu gut konditioniert, um es sehen zu können. Überhaupt.
Es geht natürlich, um wieder auf den Gegenstand der

Vorlesung zu kommen. Es geht natürlich darum, herauszufinden, welche Aufträge wo versteckt sind. Herauszufinden, ob in einem Text, aber auch in jeder anderen Kommunikation und als Kunst deklarierten Information der Auftrag zu töten enthalten ist. Oder nicht.

Wie funktioniert das? Wie verbergen sich die Aufträge?

Es ist noch nicht lange her, da wurde der Auftrag zu töten auch hier umfassend geäußert. Andersgläubige wurden eliminiert. Wir müssen begreifen lernen, daß der totalitäre nationalsozialistische Apparat im Grunde die höchste Vollendung patriarchaler Auftragserteilung ist. Alle kritischen Schulen haben das bis ins deutlichste herausgearbeitet. Zur Kenntnis genommen in dem Sinn, daß sich das wirkliche Leben danach richten könnte, wurde es nicht. Deshalb die Frage nach dem Frühstück. Was nicht in den Alltag gezogen werden kann, bleibt zerstörerisches Verborgenes. Zerstörerisches Außen. Im Inneren vom Schein der Sprachlosigkeit verdeckt.

Also. Der Mordauftrag gilt weiterhin. Es ist den kritischen Schulen vorzuwerfen, daß sie den Funktionen des Männlichen, des Mythisch-Männlichen keine Aufmerksamkeit zukommen ließen. Obwohl Analysen wie die von Canetti durchaus als Grundlage dafür vorgelegen haben.

Die Aufträge werden verschleiert weitergegeben. Verschiebungen haben stattgefunden. Das Ziel ist nicht mehr die Eroberung von Land, sondern die Erringung von Marktanteilen. Das Ziel der Macht ist Geldanhäufung. Geld, die perfekte Simulation Gottes, und über den Blick Gottes, simuliert, mit dem Anspruch auf Gottes Thron hergestellt. Die perfekteste Abstraktion. Der perfekteste Schein. Blendwerk der Erweiterung des reinen Verstandes.

Damit wir Frauen, die ja an diesem Spiel nur als Simulanten-Simulanten teilnehmen, um dabei auch Frauen bleiben können, wurde der Selbstzerstörungsauftrag in den Auftrag gegossen, schön sein zu müssen. Ein Auftrag, dessen Qual und Pein Leben zerstört. Leben kostet.

Eine Poetik, die den Gebrauch von Sprache behandelt, die in je bestimmter Organisation Sinneinheiten so verknüpft, um ein literarisches Ganzes zur Erscheinung zu bringen, eine solche Poetik muß sich auf die Verabredung auf eine gültige Sprache berufen können. Wie groß, ja unendlich die Vielzahl der Zeichen auch sein möge. Wie vielschichtig die Sprechebenen. Wie vielgestalt die Verknüpfung der beiden. Es müßte sich um eine Sprache handeln, deren Vollständigkeit zur Beschreibung der Existenz nicht bezweifelt wird oder werden kann. Und. Deren Fähigkeit zur Schaffung besonderer Existenz nicht angezweifelt werden darf.

Es gibt eine solche Sprache nicht. Es gibt das Schweigen, in dem alle Informationen enthalten sind, die zur Entschlüsselung der Aufträge notwendig sind. Ein Schweigen, das zentraler Lagerort patriarchaler Muster ist. Als Gral männlicher Bestimmtheit zu beschreiben. Die schweigende Leere in der Tiefe der Personen, die sich, unter Druck gestellt, Ausdruck in Neurose und Psychose suchen muß.

Wenn es diese Sprache also nicht gibt, dann kann auch die Poetik, die auf der Vorstellung beruht, es könne einen rechten Ausdruck geben, nicht stimmen. Von einer solchen Poetik existieren nur die Regeln. Wie in den 10 Geboten wird ein Raster vorgegeben. Die Lebenswirklichkeiten stehen diesen Regelwerken sprachlos gegenüber.

Die Geschichte hat zwar einer Vorstellung, es könnte eine solche Sprache geben und sie wäre wirksam, schon längst den Garaus gemacht. Es war schließlich die Verzweiflung Denkender an eben dieser Geschichte, die einen so umfassenden Anspruch vernichtet hat. Die Unmoral des Weltengangs selbst hat die Möglichkeit auf die Alles-Sprache zerstört und in die Sprachen der Täter und in die Nicht-Sprachen der Opfer geteilt. Wäre es gerecht zugegangen, das babylonische Sprachgewirr hätte nicht ausbrechen müssen. Die Täter waren sich nie einig. Und die Opfer haben immer je anders geschwiegen. Das geschichtsbildende und damit sprachenbildende Prinzip aber war immer die Gewalttätigkeit als jedem verständlicher Subtext.

Wenn ich nun – und ich möchte das strikt persönlich behandeln – im Mißverständnis gelebt habe, zu glauben, es gäbe diese eine Sprache der Poesie. Sie wäre die allgemeine, und ich könnte mich ihrer bemächtigen, sie benützen und so teilnehmen. Wenn ich dann in den vom Leben gelieferten Erkenntnisakten die Lüge herausfinden mußte. Die Lüge nämlich, daß alles in dieser Sprache zur Erscheinung gebracht werden kann, was im Sein enthalten ist. Wenn es also so sein muß, wie ich es sage, schreibe oder lese, und ich doch genau weiß, daß es nicht so ist, wie ich es sagen kann. Wenn also das Sein im Schein der Sprache zu keiner Erscheinung kommen

kann, dann ist die eigentliche Konsequenz das Schweigen. Abstinenz vom Schein. Verstoßung aus der Möglichkeit des Erscheinens wieder in das Schweigen. Das aufgetragene Schweigen.
Ich begann mit dem Schreiben von Gedichten und lyrischer Prosa, die vollkommen im überkommenen Kanon eingebettet waren. Dieses Schreiben führte zu Erleichterungen von schwierigen Lebenssituationen. Aber nur zu Erleichterungen. Die Schwere der Melancholien wurde nicht von der Brust gehoben. Die Melancholien lasteten nur schöner. Ästhetisiert.
Meine Selbstmordgedanken interpretiere ich auf das Schweigen hin. Als den Versuch, den Mund zu verschließen und das Bewußtsein von ungewußtem, unwißbaren Wissen auszulöschen. Als Weigerung, dem Schein anheimzufallen. Einzugeben ins Mögliche. Zugelassene.
Ich habe mich trotz dieses Schreibens befreit. Ich beschloß, von der welken Schönheit affirmativ beschreibender Weltschau Abschied zu nehmen, wie sie der alte Mann im Turm zu Verfügung hatte und wie sie ihm dann ja doch nie genügte. Die Antwort auf meine Situation – und so möchte ich meinen Appell an Sie, zu schreiben, verstanden wissen – ist nicht »noch ein Gedicht«, sondern: ein anderes Gedicht ist notwendig.
Nun. Das ist sicherlich der übliche Ausweg aus dem Druck vorgegebener Stilmittel. Nur. Bedenken wir, daß wir im post-post-histoire sitzen. Und bedenken wir, daß wir Freiheit lernen müssen, obwohl wir sie nicht lernen können, wie im Kapitel Sein beschrieben. Der einfache ödipale Widerstand reichte ja nicht aus.
Ich habe mich also entwunden. Obwohl ich immer noch

erschaudere darüber, daß es Dichtung gibt, die das Ende schöner erscheinen läßt als das Weiter.

Immer, wenn mich die Nachricht erreicht, jemand habe sich selbst umgebracht, immer. Und die Nachricht erreicht einen häufig. Immer denke ich dann wieder an die Kluft. An diese in den schrecklichen Stunden tatsächlich greifbare Kluft zwischen dem zu Sagenden und zu Fragenden und dem Sagbaren. Eine Kluft, die sich als Abgrund in einem selbst öffnet und in die zu stürzen dem Selbst in sich droht. Vom Melancholiker angeleitet, winkt dieser Sturz als Erlösung. Und die fortschreitende Entfremdung macht diese Kluft immer größer. Die Flucht in den Schein der Abstraktion immer dringlicher. Verlockend.

Ich habe durch die Notwendigkeit des Akts der Beschreibung eines Unsagbaren im Ausdruck zu Kunstmitteln wie Stille, Pause, dem Punkt als Würgemal und dem Zitat als Fluchtmittel gefunden, um damit dem Unsagbaren zur Erscheinung zu verhelfen. Und das Unsagbare zumindest in ein Beschreibbares zu zwingen. Die bedeutungsbildenden Möglichkeiten der Leere auszuschöpfen.

In einem Versandkatalog einer Firma Universal. Eigentlich in einem Prospekt des großen Katalogs, also einer Essenz des Angebots, mit dem Kunden für den gesamten Angebotsrahmen gewonnen werden sollen. In einem solchen Prospekt fand ich knapp vor Weihnachten drei verschiedene Gadgets, mit denen man feststellen kann, wie man sich fühlt. Ein bestimmter Stein verfärbt sich bei Hautkontakt und gibt mittels seiner Färbung die Stimmung des Trägers oder der Trägerin an.

Da es sich um Ringe und Amulette handelte, deren Design deutlich auf weibliche Träger zielte, wurde gedeutet, wie frau sich fühle. Im Text wurde das Archilexem angesprochen. In der Erscheinung das Weibliche. – Daß im übrigen ebenso viele Seelenzustandsmesser angeboten wurden wie wiederum Gadgets zur Selbstbefriedigung von Frauen, läßt einen tiefen Blick zu, wie das Bild der Frau in der Marketingabteilung dieses Versandhauses gehandelt wird: Scheinzustände über obskuranten Auskunftsschmuck und Ersatzbefriedigung mit Hilfe technischer Hilfsmittel, die als technisch ausgereift und dauerhaft angepriesen wurden. Nun habe ich überhaupt nichts gegen Selbstbefriedigung. Aber mir drängt sich das Bild auf, die Person bekommt über die bestimmte Färbung des Rings die Nachricht, sie fühle sich nicht so gut, und muß dann versuchen, diesen Zustand mittels der technisch ausgereiften, langlebigen Befriedigungshilfen, wie das in der Beate-Uhse-Sprache heißt, zu verbessern. Die Produkte müssen erstanden werden. Für diesen Zweck. Man/frau kommt auf die Adressen-Liste für den großen Katalog, und vielleicht kauft man/frau dann ja auch noch das insistent angebotene Gerät zum schmerzlosen Schneiden von Nasenhaaren irgendwann einmal.

Was wirklich interessant an dem Angebot der stimmungsinterpretierenden Steine ist, ist wohl der offensichtliche Wunsch, gesagt zu bekommen, wie frau sich fühlt. Interessant ist also, Auskunft über sich zu erhalten. Und. Die Schmuckstücke werden gekauft. Ich habe bei Universal Versand angerufen und gefragt. Die Antwort auf meine Frage, seit wann denn diese Steine und

Schmuckstücke im Angebot seien, lautete: »Schon immer.«
Es gibt also den dringenden Wunsch, eine klare Auskunft über sich zu bekommen. Und sei es über sich verfärbende Steine. Oder Horoskope. Die Sehnsucht, über Formeln einen Zustand zu regeln und ihm damit zu entkommen, ist verständlich.
Zwischen Werbung und autogenem Training werden wir jeden Augenblick in sprachliche Gußformen gekippt. Und reagieren. Der Körper jedenfalls tut es. Auch wenn er uns oft selbst nicht erreichbar ist.
Neben den sprachlichen Gußformen werden wir vom Bild bedrängt. Das zweidimensionale Bild beherrscht in Fotografie, Fernsehen, Film und Video unsere Sichtweise. Und in der banalen Form des Geld-Scheins unsere Realität. Wer seine Fernsehgebühr nicht bezahlt, wird ausgestoßen. Nimmt nicht mehr teil am Schein. Ist kein Mitglied mehr. Das Recht, bei der Zwangspfändung Bett und Fernsehapparat behalten zu dürfen, beschreibt die totale Inbesitznahme der Realität durch Scheinsprachen, deren Realitätsquetschung durch Dimensionsverlust alles möglich macht. – Der Hirte liebt das Zweidimensionale. Er hat seinen langen Arm beim Sehen dazwischengedrängt. Er beobachtet. Läßt seine Schäfchen beobachten. Läßt sie beim Beobachten beobachten. Dann bekommen sie den Eindruck, der Hirte zu sein. Und handeln am ordentlichsten nach seinen Regeln.
So werden wir selbst zu Voyeur-Voyeuren, wenn wir im Film in den Sequenzen Schuß/Gegenschuß immer zu dem und der werden, die dem oder der beim Sprechen zusieht und zuhört.

Eine konsequente und in der Übertreibung sich selbst eliminierende Organisation von Fernsehen könnte in einer Verkameraisierung der Welt bestehen. Jeder öffentliche Blick sollte zugänglich sein. Wir könnten wirklich nachsehen, was in Peking auf dem Platz des Friedens gerade los ist. Im Internet ist ähnliches versprochen. Aber auch da werden wir – wie in fast allen Bereichen unseres Lebens – zu Touristen degradiert. Es ist nicht die Einszueins-Realität des Augenblicks, sondern wieder nur Konserve, was wir sehen dürfen. Schein. Interessant wäre doch nur Teilnahme. So ist es zwar möglich, per Internet im Weißen Haus spazierenzugehen und sich die da hängenden Bilder anzusehen, die eher medioker sind. Von Sitzungen im Weißen Haus bleibt man ausgeschlossen. Gesurft wird auf konservierten Wellen.
Wie zu allen Zeiten ist es die Frage der Zugangsregelung zu den Medien, die im Medienzeitalter über Teilnahme entscheidet. Was früher streng ritualisiert vor sich ging, wenn ein Fremder oder eine Fremde in einem Sozialzusammenhang auftauchte, verläuft heute mäandernd zufälliger. Die Zugangsregler der Medienlandschaft sind sich ihrer Macht durchaus bewußt. Aber. Lassen Sie mich diese Welt an meinem Beispiel abhandeln. Darüber kann ich relativ sichere Auskunft geben.
Mir wäre es natürlich am liebsten, Sie wüßten nichts von mir. Von mir als Person. Nähmen nur die Dichterin zur Kenntnis.
Ohne den vollkommen auf meine Person als damals einzig öffentliche Erscheinungsform eines Werks abgestimmten Artikel in »Theater heute« gäbe es die Bücher und Theateraufführungen vielleicht nicht. Neben dem

über mich freundlich amüsiert erstaunten Text von 2 Seiten, der von Michael Merschmeier geschrieben wurde, gab es ein Riesenfoto. Und eine Szene aus dem Stück »New York. New York«. 2 Sinneinheiten sind von diesem ersten Medienauftritt übriggeblieben. Die Bemerkung, Marlene Streeruwitz sei eine Dame. Und das Foto.

Marlene Streeruwitz ist eine Dame? Eine Dame? Eine Dame, das ist doch eine Mischung aus Daisy Duck und Baronin Bamsti.

Ich liebe Daisy Duck. Daisy Duck – ich vergewissere mich darüber immer wieder durch Erwerb eines Micky-Mouse-Heftes – Daisy Duck ist die einzige mir bekannte glückliche Siegerin über das amerikanische Dating System. Sie wissen: Beim ersten Dinner getrennte Rechnung und keine Verpflichtung für beide Seiten. Geht die Frau auf die zweite Verabredung ein, was sie durch einen Abschiedskuß bei der ersten Verabredung angedeutet hat, dann muß der Mann zahlen, und die Frau hat ja gesagt. Regeln – hier könnten Derrick oder besser Herbert Reinecker sich wohlfühlen –, die ich für unerträgliche Einschränkung halte. Nur zu wissen, welche Tischmanieren jemand hat, halt ich nicht für Grund genug, mit jemandem ins Bett zu gehen. Daisy hat also dieser Repression durch Paarungsreglementierung bis jetzt widerstanden. Sie hat Dates mit Gustav Gans und mit Donald. Sie hat sie immer wieder. Das zweite Mal ist also lange vorbei. Es passiert nichts. Daisy siegt über die Konvention.

Das Bild der Baronin Bamsti ist wohl in einer der immer schon müd gewesenen Hoffmannsthal-Figuren zu fin-

den. Dieses Bild einer Mischung des Lächerlichen mit dem Erhabenen ist in der Bezeichnung *Dame* geprägt. Schöner Schein. Zumal dieser Artikel in »Theater heute« immer wieder als Grundlage der Information über Marlene Streeruwitz dient.
Schöner Schein. Meine Stücke würde ich als wenig damenhaft bezeichnen. Trotzdem bietet das Gegenbild in der Künstlerin – wie man das so schön nennt – Beruhigung. Die Möglichkeit, sich zu entziehen. Oder einen Widerspruch zu konstituieren. Jedenfalls kann ein werkexterner Grund benutzt werden, die Auseinandersetzung nicht führen zu müssen. Was soll man auch mit einer Dame anfangen. Nach einem ersten Eindruck einer Wiener Exotik kann man zur Nichtkenntnisnahme übergehen. Die Frau, als Dame gekennzeichnet, muß weder wahrgenommen und schon gar nicht ernstgenommen werden.
Im »Spiegel« wurde die Dame in der Uraufführungskritik zu meinem Stück »Ocean Drive.« dann folgerichtig zur Domina-Phantasie weitergesponnen. Für mich ein logischer Schritt. Dame ist über die beiden enthaltenen Bedeutungen Daisy Duck und Baronin Bamsti entsexualisiert. Ja. Der Begriff wurde erfunden, um diese Frau, die Dame, dem imperialen Blick sozial tieferstehender Männer zu entziehen. Der moralisierende Anteil, den wir aus der Rolle der Frau im Minnelied kennen, der mütterlich/schwesterlich entsagende Teil wird übriggelassen. Diesen wiederum in die Sado-Maso-Phantasien überzuführen liegt in der inhaltlichen Konvention des »Spiegels« und einer Gesellschaft, in der die gestrenge Herrin aus besseren Kreisen einen ganz be-

stimmten Formenkreis pornographischer Mythen bestimmt.
Wurde in den letzten 50 Jahren ein Dichter als Ritter bezeichnet? Als Sir? Wurde ein Autor von Anfang an über persönliche Merkmale etikettiert? Bei Autoren wird dann doch noch danach gefragt, was sie eigentlich wollten. Mit dem, was sie da schreiben. Obwohl. Diese Frage ist so allgemein natürlich ebenso unzulässig wie die persönliche Diffamierung.
Es ging aber weiter. Es gab ja noch das Foto. Ein Jahr nach dem ersten Artikel in »Theater heute« kam Franz Wille nach Wien. Franz Wille ist ebenfalls Redakteur bei »Theater heute«. Er wollte mit mir über die damals bevorstehende Uraufführung von »Waikiki Beach.« in Köln sprechen. – Ich holte Franz Wille von seinem Hotel ab. Nach der Begrüßung rief Franz Wille: »Nein. Sie schauen ja doch gut aus. Bei dem Foto. Da habe ich mir gedacht, wieder so eine Hausfrau, die schreibt.«
Ich war beleidigt. Die Kommunikation praktisch abgebrochen. Ein Gespräch wurde nicht veröffentlicht. Franz Wille schreibt seit damals Kritiken, die einen leicht spöttischen väterlichen Ton pflegen. Die in diesem Ton die Information enthalten, daß sie, die Streeruwitz, es wieder nicht geschafft hat. Leider. Selbstverständlich wird, den Kriterien des deutschen Feuilletons folgend, kein einziger Hinweis gegeben, was dieses »es« sein könnte, das da zu schaffen wäre. Oder nicht. Die Kritik, und nicht nur die in »Theater heute«, bedient sich einer zynischen Beliebigkeit, die dann der Kunst angerechnet wird. Und Hausfrauen. Man weiß ja, daß deren Job ohnehin nie zu schaffen sein kann.

Heute wäre ich natürlich nicht mehr beleidigt. Eine Bezeichnung als Hausfrau fände ich geradezu gemütlich. Mittlerweile wurde ich mit ganz anderen Schrecklichkeiten versehen und abgeurteilt.
Lesen Sie Theaterkritiken wie etwa in der FAZ. Es wird dem Theater, aber auch der Literatur gegenüber ein Ton angeschlagen, der einer Gerichtssprache gleicht.
Aber. Die Kunst hat ja längst ausgespielt. Es gibt keinen Feind hinter einem Eisernen Vorhang mehr, dem man mittels der Freiheit der Künste Freiheit an sich vorführen kann. Unter dem Motto: »Schaut her, wie wir die Wurschteln arbeiten lassen!« gab es bis 1989 Kunstförderung. Damit ist es vorbei. Schöner Schein gewesen. Wenn die Macht so nett konsolidiert ist wie eben jetzt, dann wird Operette gespielt.
Aus all diesen Geschichtchen bitte ich Sie abzuleiten, jede Zeile, jedes Wort, was immer Sie in den Medien über einen Autor oder eine Autorin vorgesetzt bekommen, anzuzweifeln. Nicht zu glauben. Die Mechanismen der Medien bedingen eine Personalisierung der Information. Das Werk tritt gegen die Person in den Hintergrund. Der Marktwert eines Autors und einer Autorin mißt sich an deren Medienwirksamkeit. Das wiederum spielt für verlagsinterne Entscheidungen eine Rolle. Einer der Sätze, die da fallen, lautet: »Das muß noch durchgesetzt werden.«
Verdenken Sie es bitte auch niemandem, wenn er oder sie an diesem Zirkus teilnimmt. Und nehmen Sie es als das, was es ist. Schein. Scheindarstellungen. Scheingefechte. Ausschlaggebend bleibt der Text. Sonst nichts.
Ich habe es erreicht, im Centre Pompidou aufzuschei-

nen. Ein überlebensgroßes Bild von mir hing unter dem Titel »Melancholie« in einer Ausstellung von Fotos von Franz Gallus Rittenberg. Mein Name war falsch geschrieben. Erfahren habe ich davon nur zufällig. Und. Es ist auch ganz gleichgültig. Es ist ja nur eine Illustration dessen, was die Welt aus einem macht. Dafür, in Fotoausstellungen vorzukommen, habe ich keine Zeile geschrieben. Der Schein der Person wird der Erscheinung eines Werks vorgezogen. Das Werk dient nur als Ausrede. Begründung für dieses eigenartige Monster öffentliche Person, das da entsteht. – Glücklicherweise hält sich das Interesse der Medien an Dichtern und Dichterinnen im allgemeinen in Grenzen. Dem Ideal des Schaffens in schöpferischer Einsamkeit steht nichts im Weg.

Im September 1994 durchreiste ich die Po-Ebene. Ich wollte den Ort Bagnacavallo besichtigen, nach dem ich ein Stück benannt habe. Ravenna liegt nicht weit entfernt. Wir fuhren dahin. Ich wollte, daß meine Töchter die Mosaiken sehen. Wir kamen am späteren Vormittag an und fanden die Kirchen versperrt. Der gesamte Kirchenbezirk war abgeriegelt. Es fände eine Hochzeit statt. In einer Stunde wäre dann alles wieder zugänglich.

Sie kennen diese Situation. Der zielorientierte Tourist verwandelt sich in einen Edel-Flüchtling. Man ißt etwas. Man sitzt auf Stufen. Man geht herum. Der Mittagshitze ist nicht zu entkommen. Ungeduldig will man die touristische Attraktion. Die Trophäe. Grund der langen Fahrt. Man wird grantig. Fordernd. Besitzergreifend. Wir warteten 3 Stunden. Standen am Tor nach hinten hinaus. Hinter uns eine lange Schlange. Es gibt kein weg mehr. Die Angst, die Position in der Schlange zu verlieren, ist zu groß. Die allgemeinen Unmutsäußerungen stiegen an. Wurden bedrohlich. Die Kirchen wurden geöffnet. Man wurde gebeten, still zu sein. Leise. Die Zeremonie wäre noch nicht zu Ende. Wir betraten, auf Zehenspitzen trippelnd, die Kirche. Und. Die Zeremonie war längst vorbei. Was vor sich ging, war die vollständige Wiederholung der Trauung für die Videokamera und den Fotografen. Die Hochzeitsgäste, die wohl vorher die Sicht verstellt hatten, waren schon draußen. Vor dem Kirchentor. Drinnen wiederholte das Brautpaar mit dem Priester und den Ministranten alle Szenen. Sie stellten sich in einfallende Sonnenstrahlen. Tauschten die Ringe, sitzend und stehend. Küßten einander, sitzend und stehend. Knieten. Sahen zum Altar auf. Ließen sich vom Priester die Hand auflegen. Sie sammelten Material. Material für das Video von ihrer Hochzeit, um großzügig schneiden zu können.

Der Schein des Geschehenen ist die Dokumentation des Ereignisses. Bedeutet das nun, daß nur der Schein existiert? Oder. Verbirgt sich in diesem das Sein? Kann Sein gespeichert werden? Oder nur wieder in der Erscheinung ein Sein bestehen? Oder. Wird das Ereignis ausgelöscht? Nicht erinnerbar der Augenblick. Und bleibt nur eine Videokassette übrig? Abbild des Seins, das pavlovsche Reaktionen auslöst? Automatisierte Antworten der Sinne? Und reichte das? Oder nicht.

»Da weiß man, was man. Da weiß man dann. Da war man in Ägypten. Oder in Kenia. Und dann kann man die Fotos anschauen. Und die Videos. Und dann weiß man. Das war der Vogel, der auf der Papyrusstaude geschaukelt hat. Den hat es gegeben. Das war die Zeit...«, sagt Frau Fischer zu Frau Marenzi im Stück »Sloane Square«.

Ich mag nicht darüber urteilen, ob es nun gut ist oder nicht, daß Welt so gespeichert werden kann. Ich mag auch nicht das Fernsehen beklagen. Ich mag vor allem die Gesellschaft der Kritiker nicht, die fäusteschüttelnd das Fernsehen verdammen. Ja. Es wortgewaltig verbieten wollen, wie Pasolini etwa. Es erinnert mich das an den Satz von Adorno gegen das Taschenbuch. Es wird ja doch nur die Form der Vermittlung kritisiert. Das Medium. Der geforderte Prachtlederband in der Bibliothek klingt nach Kulturfeudalismus und leiser Sehnsucht – wieder eine Nostalgie – nach einem Überkommenen. Sicheren. Geordneten. Ohne sehen zu wollen, daß Leben bestritten werden müssen. Unter Umständen ohne die Prachtbände, Wände hinaufgetürmt. Unter Umständen angewiesen auf den Fluchtpunkt Scheinwelt Fernsehserie.

Ich möchte das Urteil darüber Ihnen überlassen. Ich frage nur, was es bedeutet, wenn das Bild oder die scheinrealistische Bildfolge die bedeutendsten Medien der Erinnerung sind. Die plane, zentrale Anlage des Erinnerungsfotos ersetzt zwar das Altarbild in seiner Dreiecksanlage zur Apotheose Gottes. Die göttliche, anzubetende Figur wird durch das Gesicht, die Gestalt der touristischen Person ersetzt. Die imperiale Beziehung von Vordergrund und Hintergrund wird ungebrochen weitergeführt. Die touristische Person ist so vor der touristischen Attraktion positioniert wie Gott vor dem Himmel und der Erde, die ihm untertan sind. »Papa vor dem schiefen Turm. Die Familie auf dem Kamel. Kurt in der Steilwand. Gerlinde in der Gondel.« Diese Anordnung erneuert den Anspruch der Personen auf den Hintergrund. Formuliert mit Hilfe der Grammatik der einen, der einzigen Sprache den Wunsch auf Gottähnlichkeit. Verewigung wird mit diesen Bildern denunziert. Und umsonst waren alle Versuche der Moderne, eben diese imperialen Ausdrucksformen aufzubrechen. Zu zerschlagen. Neuen Ausdruck zu finden.

Bedeutet der Schluß, den man aus diesen Beispielen ziehen muß, nicht ganz einfach, daß wir in der Post-Post-Moderne angelangt sind und die Frage des friedlichen Frühstücks noch immer nicht gelöst ist? Noch immer nicht mit der Freiheit beim Frühstück gesessen wird, werden kann, die jedes Leben als Totales zu betrachten vermag. Die aus dieser Vorstellung immer neu die Freiheit entwirft und ein wirkliches Da-Sein entfalten kann. Das wiederum zu eigenem Ausdruck zu finden vermag. Wie soll es gelingen, wenn die alte Sprache durch alle Formen des Scheins durchschimmert.

»Urtheilen aus eigenen Mitteln ist das Vorrecht Weniger, die übrigen leitet Auktorität und Beispiel«, sagt Herr Schopenhauer. Ich finde es einigermaßen befremdend, in den Prozeß verstrickt zu sein, in ein weltumspannendes System supranationaler Kommunikation eingespannt zu werden, in dem rascher Konsum und Flüchtigkeit die Hauptmerkmale sind. Ich finde es seltsam, daß alle diese neuen Abhängigkeiten und Freiheiten wiederum von nichts anderem handeln als von den Hirten und den Herden. Riesenherden. Ungeheuerlich großen Herden. Massen, die sehr wenigen Hirten gegenüberstehen. Die

Geschichte vom Hirten, der sich die Herde einverleibt – und das ist ja der Sinn der Herde, Nahrung für den Hirten zu sein –, wird in den Strukturen zur Erscheinung gebracht. Und im Inhalt. Denn gefüllt werden die vielen Satellitenkapazitäten mit der drittklassigen Auswahl der Geschichte vom Mord und der Eroberung.

Erinnern wir uns, daß alle unsere Schauformen auch oder hauptsächlich auf dem Marktplatz begonnen haben. Daß sich die Theatermasse etwa dort zum ersten Mal versammelt hat. Auf dem Marktplatz, auf dem die Folter und der Vollzug der Todesurteile stattgefunden haben. Es hat wenig Sinn, über den Zynismus dieser Welt oder über die Pornographisierung zu klagen. Zu beklagen ist, daß kein Wechsel in der Sichtweise stattgefunden hat.

Die traditionellen Rückgriffe in der Beschreibung wie das Kopieren von Naturgesetzen oder die Berufung auf die Zweckhaftigkeit sind uns entzogen. Voll entwickelte Kommunikationsmedien und funktionale Differenzierung haben die Gesellschaft auf sich selbst festgelegt. Diese Gesellschaft ist nicht eindeutig beschreibbar. Ist überhaupt nicht beschreibbar. Was beschreibbar bleibt, ist das Leben als exemplarische Schnittstelle aller komplexen Strukturen, die uns bilden, die aber wiederum von uns mitkonstituiert werden. Und zwar jedes Leben so. Jeder Augenblick. Jedes Frühstück etwa. – Hier gibt es Wahrheiten aufzufinden.

Und Erscheinen.

Im Sommer 1993 erhielt ich einen Brief. Er kam aus Wasserburg in Bayern. Eine Frau schrieb mir, sie sei in meinem Stück »New York. New York.« in den Münchner Kammerspielen gewesen. Eine Freundin und sie hätten da ein Abonnement. Sie hätten sich für den Abend umgezogen. »Aus Achtung vor der Kunst«, hätten sie das getan. In Erwartung des Abends sich besonders schön gemacht. Sie seien in das Auto gestiegen. Hätten geplaudert. Die Freundin und sie. Sie hätten noch ein Glas Sekt getrunken vor der Aufführung. Weil sie noch Zeit gehabt hätten. Das Auto stellten sie nämlich immer im Parkhaus hinter den Kammerspielen ab. Sie schildere mir das alles so genau, schrieb mir die Frau, damit ich ermessen könne, was ich zerstört hätte. Denn dann. Dann sei ja mein Stück gekommen. Die beiden Frauen hätten nicht mehr essen gehen können. Danach. Der Appetit sei ihnen vergangen gewesen. Die Briefschreiberin habe sich beschmutzt gefühlt. Sie habe nach Hause flüchten müssen. Und sie sei von allem Männlichen so angeekelt gewesen. Alles Männliche sei ihr so zuwider gewesen, daß sie die Nacht allein habe verbringen müssen. Die Gegenwart ihres Mannes sei ihr zuwider gewesen und sei es weiterhin. Warum, fragte die Frau. Warum ich ein Stück schreiben hätte müssen, das all diese häßlichen Folgen nach sich gezogen hätte. Und. Was ich dazu zu sagen hätte.
Ich antwortete dieser Frau nie. Was sollte ich sagen. Ich hatte »New York. New York.« ja schon geschrieben.
Oder. Hätte ich dieser Frau schreiben sollen, daß sie das

Stück begriffen, aber nicht verstanden hatte? Hätte ich ihr sagen sollen, daß es eben falsch ist, sich für die Kunst schön anzuziehen. Entweder tut man das, weil es einem Spaß macht. Dann aber doch besser immer. Wenn man einen Grund braucht für das Repräsentationsgepränge, dann ist immer noch die gute alte Oper der beste Ort. Oder das Ballett. Musical und Operette sind auch passend. Spielcasino stimmt immer. Also. Man geht am besten zu all jenen Ereignissen, bei denen Quasi-Unmittelbarkeit zu haben ist. Oder sogar totale Unmittelbarkeit, wie im Casino.

Erinnern wir uns, was zur Unmittelbarkeit zu sagen war. Quasi-Unmittelbarkeit, wie Oper oder Ballett, stellt danach die Quasi-Teilnahme an der Jagdmeute dar. Bei der Rolle, die die Oper im Rahmen des Imperialismus und des Nationalismus spielte, kann man das Quasi weglassen. Es wird sich wohl meist um die sentimentale Schau der an den Waldrand zusammengedrängten Zuschauer beim Erlegen des gejagten Tiers handeln. Apropos. Ist es nicht bezeichnend, daß Oper, besser gesagt Opernarien, nur die Highlights sozusagen, für die erste große weltweite Satellitenschaltung verwendet wurden.

Aber zurück. Hätte ich also der Frau aus Wasserburg – die selbstverständlich nicht aus Wasserburg ist – sagen sollen, daß es doch nicht so gut um ihre Ehe stehen könne, wenn sie aufgrund von »New York. New York.« von ihrem Mann getrennt liegen müsse. Statt zu ihm flüchten zu können. Wie es einer funktionierenden Partnerschaft anstünde. Hätte ich noch hinzufügen sollen, daß diese Frau doch immerhin über genügend Wohn-

raum verfügte und also privilegiert sich in ein anderes Zimmer hätte zurückziehen können. Hätte ich also schreiben sollen, die Probleme dieser Frau seien die Probleme dieser Frau? Und »New York. New York.« ein Theaterstück?
Betrachten wir den Vorfall: Eine Frau, vermutlich gehobener Mittelstand, geht mit einer Freundin ins Theater. Sie machen in Kultur. Erfüllen die Rolle der musisch Interessierten. Sie finden ihre sentimentale Erwartung, erbaut zu werden, nicht erfüllt. Fühlen sich angegriffen. Beschmutzt, wie mir geschrieben wird. Angeekelt. Und sie wenden sich an die Urheberin der Tragödie.
Ich stelle einmal die Behauptung auf, daß ein männlicher Autor nicht angeklagt worden wäre. Ich weiß, daß männliche Dramatiker Briefe von Frauen bekommen, in denen diese Frauen dem männlichen Dramatiker den Vollzug melden. Sie schreiben, daß sie aufgrund eines bestimmten Stücks dieses Autors ihren Mann verlassen hätten. Behalten wir den Unterschied in Erinnerung. Der männliche Urheber vermag Befehle zu geben. Oder, genauer gesagt, in der Aussage des männlichen Urhebers werden Befehle vermutet. Das Ergebnis weiblicher Urheberschaft ist Verärgerung. Das unbestimmte Gefühl eines Gestoßenseins. Was hat nun dieses Ärgernis verursacht? Welches Wesen wurde so zur Erscheinung gebracht, daß Verstörung die Antwort wird?
Die Wurzel des Theaters liegt ausschließlich im machterhaltenden, affirmativen Schauspiel. Öffentliche Folter und Vollzug des Todesurteils gaben Auskunft, wer vollzieht und an wem vollzogen wird. Die Auslegung der Bibel in Passionsspielen legte fest, wer Retter, wer zu

retten war. Öffentliche Aufzüge waren immer Triumphzüge derer, die vom Zug aus auf die am Straßenrand Stehenden schauten. Hinuntersahen. Das antike Theater war politisches Instrument. Wer teilnehmen durfte, war streng geregelt. Die Vorbereitungen waren langwierig. Die Regeln der Durchführung allseits bekannt. Alle Anwesenden kannten sich aus. Und Aristoteles wünschte sich den Riß des Publikums auf die Bühne. Wünschte sich eine Masse Publikum, die im Bühnengeschehen aufgelöst wird. In der Katharsis Reinigung erfährt. Reinigung als Masse. Als atemlose, gespannte, von Gefühlen geschüttelte Masse, die – wieder als Masse – in die Trauerarbeit der Katharsis eintritt und den einzelnen neugeboren entläßt. Entläßt, um in den nächsten Krieg eintreten zu können.
Man könnte das griechische Schauspiel auch als »fund raiser« für die Kriegskassen von Athen sehen. Und als Motivationsseminar.
Erinnern wir uns aber auch, daß Frauen von jeder Mitwirkung an den Aufführungen ausgeschlossen waren. Und erinnern wir uns, daß die gesamte antike griechische Kultur immer damit beschäftigt war, die Abhängigkeit des Kindes von der Mutter in die Abhängigkeit vom Vater zu transferieren. Damit beschäftigt war, den Akt der Geburt durch die Mutter vergessen zu machen und den Akt der Aufnahme vom Boden durch den Vater an die erste Stelle zu rücken. Die Auswirkungen dieser Haltung, über Paulus in das Christentum importiert, sind bekannt.
Es ist also die Masse, die der Macht zusieht oder ihr applaudiert, wenn sie sich in den Schauspielen als Publikum konstituiert.

Das Opernpublikum und das Ballettpublikum geht am direktesten auf die feudal-mittelalterlichen Beispiele zurück. Betrachten wir den Vorgang noch einmal: Menschen kleiden sich prächtig, um in ein Haus zu gehen, zu dem der Zugang privilegiert ist. Also teuer. Dort sehen sie dann zu, wie Menschen einander quälen, verletzen und wie dann einige davon sterben. Auf jeden Fall stirbt eine Frau. Jedenfalls im vorigen Jahrhundert, dessen Werke heute die Spielpläne und Häuser so gut füllen. – Die Bemerkung meiner schon erwähnten Großmutter, der Bäurin, fällt mir ein. Immer, wenn sie im Radio zufällig eine Koloraturarie hörte, sagte sie: »Ja mei. Is scho wieda oane in die Durrn gschprunga.« Das ist Oststeirisch. Eine ui-Mundart, in der die starke Diphthongierung und Palatalisierung den südslavischen Einfluß offenbart. Hochdeutsch heißt das: »Ist schon wieder eine in die Dornen gesprungen.« Ein Bild, das den Quälaspekt dieser Künste zum Ausdruck bringt. Alles Exerzierkünste. Singen. Und Tanzen.

Aber zurück zum Theater.

In der heutigen Form ist Theater eine Institution des Bürgerlichen. Das Publikum saß da nicht mehr akklamierend dabei. Oder besser stand. Das Publikum ließ sich seinen eigenen Kampf mit dem Feudalismus vorspielen. Die Identifikation mit dieser Emanzipation ermöglichte vielleicht ein jugendlicher Held. Immer aber die tragische Heldin. Viele Frauen wurden auf der Bühne zerbrochen, damit der Bürger in seinem egalitären Selbstbewußtsein gestärkt nach Hause gehen konnte. Die tragische Heldin des klassischen Dramas ist – anders als in der Oper, in der sie gehetztes und am Ende gerissenes Beuteopfer der Musik und des Publikums ist – selbst zum Schauplatz des Konflikts hoher und niedriger Geburt geworden. An ihr wird die Ungerechtigkeit feudaler gesellschaftlicher Teilnahmeregelungen nachgewiesen. An ihr wird Erkenntnis gewonnen. Alle sollen in die Herde dürfen. Das Prinzip der Herde wird nicht aufgegeben. Die Funktion des Hirten übernimmt die Idee.

Im Theater saß eine Masse, die der eigenen Macht lauschen und zusehen wollte. Das Wiener Hof- und Burgtheater (wie es immer noch auf dem Gebäude steht) etwa war eine der wenigen Institutionen, die das kaum existierende Wiener Bürgertum im vorigen Jahrhundert für sich reklamieren konnte. Brutal herrschte die Symbiose aus Krone und Adel mit Hilfe der katholischen Kirche der Gegenreformation und der Polizei und Geheimpolizei. Staatspolizei. Das Burgtheater als damaliger Ort einer Formulierung von Freiheit beschäftigte denn auch ganze Zensurabteilungen. Was sich heute kurios liest, war damals lebensbedrohlicher Alltag.

Das bürgerliche Publikum errang dann die Macht. Die Episierung des Theaters geht damit einher. Der politische Akt der Nachfolgeregelung, der im feudalen Drama noch einen dramatischen Knoten schürzen konnte, unterliegt im Bürgerlichen der Entfremdung und der Psychologisierung. Es ist nicht mehr ein Herrscher, den diese Zugangsregelung betrifft, es kann mittlerweile jeder Mann sein. Jeder Vater, der als Gott, simuliert, der Familie vorsteht und die Seelen der Seinen formt, kann seinen Kindern Leben gewähren. Oder nicht. Und nicht ein Mal wird die Entscheidung getroffen. Sie findet in

der neuen Kleinfamilie täglich statt. Der ödipale Konflikt ist von dem einen Kampf an der Wegkreuzung zum täglichen Kreuzweg geworden. Im episierten Drama wird die Strecke beschrieben, die vom Mordanschlag, vom Entschluß zum Mord bis zu dessen nun weitentfernten Erfolg im vollzogenen Mord führt. »Gespenster« illustriert das besonders schön, indem der Mordanschlag mit der Zeugung des Sohns einhergeht und die Tötung selbst erst Jahre später eintreten wird.
Das Publikum errang dann die Macht. Und damit das Privileg auf öffentliche Frivolität. Schon bei den Römern hatte sich das Schauspiel in Striptease verwandelt. Fruchtbarkeitsriten mußten den Grund dafür liefern, junge Frauen nackt vorzuführen. Bühnen wurden unter Wasser gesetzt, um Meeresgöttinnen in paradiesischem Kleid dem Wasser entsteigen zu lassen. In der Operette wurden Ausflüge ins Puff gemacht, um Cancan tanzen lassen zu können. Der Bürger hatte Geld in der Tasche klimpern und er hatte Lust, den Feudalen nachzuspielen, dem ja die Körper seiner Untertanen und Untertaninnen gehörten. Der Bürger kaufte sich den imperialen Blick auf die Unterwäsche der Tänzerinnen oder das riskante Deshabillé der Soubrette. Und. Der Pakt Publikum/Bühne, jene Verabredung, daß es sich bei dem Gezeigten um Theater handelt, funktioniert ohnehin am besten beim Striptease. Mit der Bezahlung des Eintritts wird ein Vertrag auf aufregend Erotisches abgeschlossen. Das wird immer geliefert. Fixierte, eindeutige Vorstellungen sind leicht zu erfüllen. Das Publikum errang dann die Macht. Die Salzburger Festspiele und Deutsches Theater. Da konnte das Publikum als Masse sitzen

und den eigenen Schwierigkeiten zusehen. Aber weiterhin als Masse. Gemütlich aufgelöst an den Rändern gegeneinander. In einem Atem. Mit einem Lachen. Einem Schluchzen. Es gab ja auch ein Schönes anzusehen. Ein Hehres. Ein Wahres. Am Ende saß man mit aufgehobenem Arm da. In Wien hieß das dann »Küß die Hand. Heil Hitler!« oder »Servus. Heil Hitler«. Der Weg von einer Masse in eine andere ist kurz. Schön angezogen war man schon. Hofmannsthal kann man immer spielen. Das paßt immer.

Im heutigen Theater sitzen Restmassen all dieser Publikumsformen. Die Frau aus Wasserburg in Bayern gehörte sicher zur bürgerlichen Problembetroffenheitssorte. Sie war sicherlich bereit gewesen, sich einem Problem zu widmen. Sie hätte sich dafür auch durchaus eine schlimme Sprache und ein paar häßliche Szenen gefallen lassen, solange sie selbst im Publikum sicher gewesen wäre. Sie hätte Opfer gebracht. Kunst ist ein fabelhafter Religionsersatz. Vor allem dann, wenn die romantische Liebe als Ersatz im Privatleben gerade nicht zur Hand ist. Voraussetzung für dieses Opfer, sich ein bißchen quälen lassen im Namen der Kunst, wäre die Sicherheit in der Masse gewesen. In der gutgekleideten. Versteht sich.

Was von Massen zu halten ist, ist in diesem Jahrhundert zu lernen gewesen. Nicht nur wurden Massen durch Massenvernichtung tatsächlich vernichtet. Die Angst vor der Massenvernichtung durch die Waffen des Kalten Krieges haben 50 Jahre Auswirkungen auf unsere Psychen und Verhaltensweisen gehabt. Ziel muß also sein, ein Theaterpublikum zu vereinzeln und jeden und jede auf sich selbst zurück zu verweisen.

Eine Poetik des Banalen. Eine Poetik des Schweigens.
Gehen wir noch einmal zurück. Im Schweigen der Mutter und im durch Erziehung hergestellten Verstummen des Kindes entsteht die sprachunfähige Leere inmitten der Sprachfähigkeiten. In diese Leere hinein deponiert die archaisch-männliche Instanz des Hirten ihre sprachunkenntlichen, sprachlos entschlüsselbaren Erwartungen. Das geschieht wie in jenen Agentenromanen, in denen der schlafende Agent auftritt. Auf ein Zeichen hin tritt er aus seinem normalen Leben vollkommen heraus und verwandelt sich in ein Werkzeug des Hirten in der jeweiligen Erscheinungsform. Diese Leere zu entschlüsseln, sind wir die Hälfte unseres Erwachsenenlebens beschäftigt. Dieser – vermeintlichen – Leere ist stetes, unverwandtes und immerwährendes Mißtrauen gegenüber zu bewahren. Diese Leere muß der Schauplatz der Auseinandersetzungen sein. Ist es doch auch in dieser Leere, daß sich der Wunsch und das Wohlgefühl, die ekstatischen Auflösungen der Vermassungen bilden. Dafür spricht auch die Unerinnerbarkeit des Vorgangs des Massenerlebnisses.
Vom Wiener Heldenplatz höre ich immer nur sachliche Berichte. Ja. Man sei da gewesen. Alle seien da gewesen. Ja. Das Wetter sei schön gewesen. Was gefühlt worden sei. Tja! Das könne man so nicht sagen.
Die Verzückung des einen Blicks aus allen Augen auf den Einen oben. Diese Verzückung scheint auf den Augenblick beschränkt zu sein. Nur in der Wiederholung zur Erscheinung zu bringen. Und deshalb zur Wiederholung drängend. Unmittelbarkeit. Also. Und die auf den Fotos. Im Film. Das waren immer andere. Andere in

einem selbst. Verzückte, die sich selbst nicht bekannt waren.
Das Theater stellt eine Institution dar, die diese Verführung anbietet. Diese Verführung ist konstituierender Bestandteil der Institution Theater. Von dieser Konvention aus beurteilt, schreibe ich theaterauflösende Stücke.
Was macht nun ein Theaterstück aus? Und wann wird es Theater?
Das literarische Kunstwerk Theaterschauspiel ist – wie das so schön heißt – ein literarischer Grenzfall. Es hat Partiturcharakter. Ist also auf die Erscheinungsbringung durch die Theateraufführung ausgerichtet. Hat aber auch in seiner Erscheinung als Text Kunstwerkcharakter. Die Erscheinung des Textes in der Theateraufführung setzt mehrere involve Transformationen in Gang.
Die Bezeichnung Kunst soll hier als Hilfskonstruktion dienen. Durch sie soll vor allem beschrieben werden, daß es sich um ein besonderes Ganzes handelt. Keine andere Wertung soll mit dieser Bezeichnung getroffen werden.
Während also das literarische Kunstwerk Theaterschauspiel sich aus Autor-Text und Sprecher-Text in künstlerischer Sprache gleichrangig zusammensetzt, kommt in der Theateraufführung nur der Sprecher-Text zur Erscheinung. Der Autor-Text wird in Bühnenbild, Kostüm und Inszenierung umgesetzt. Wie auch Musik sich einbindet. Alle diese Erscheinungsformen führen von einer Ebene der künstlerischen Intention auf die Ebene einer Quasi-Realität. So wird der Text von der Person

des Schauspielers oder der Schauspielerin in quasi-realer Sprache vorgeführt. Und in jedem Fall in eine quasi-reale, weil sichtbare Umgebung eingebettet.

In all diesen Operationen der Umsetzung wird die Autor-Intention, wie sie im Autor-Text enthalten ist, interpretiert. Die in der musikalischen Partitur der klassischen Musik zu kodierten Zeichen entwickelten Anweisungen gibt es im Schauspiel nicht. Die Musik der Moderne hat sich von dieser Art von Regelung weit entfernt. Aber im Schauspiel ist es mit der Freigabe der Interpretationsebene nicht so einfach. Denn. Jedes Wort. Jeder Laut, von einem Menschen ausgestoßen, ist bedeutungsbildend. Ruft wiederum ganz bestimmte Reaktionen hervor.

Lachen. Weinen. Haß und Liebe. Mimische Grundhaltungen sind innerhalb eines Kulturkreises allgemein verständlich und bilden eine eigene Sprachebene. Das Theater kann auf diese anthropologischen Invarianten zurückgreifen. Hier ist die Entscheidung zu treffen, wie formelhaft die Abläufe gestaltet werden. Oder. Wie individualisiert.

Dem auftretenden Schauspieler ist ein Sprecher-Subjekt zugewiesen, das der Autor oder die Autorin mit Namen und Charakterisierungen wie Alter, Beruf, Aussehen usw. versehen hat. In den Sprecher-Repliken entwickelt das Sprecher-Subjekt nun all die Sinneinheiten, die in ihrer Gesamtheit das Sprecher-Subjekt ausmachen. Gleichzeitig wird festgelegt, in welchen und wie vielen Sinneinheiten die Sprecher-Subjekte sich aufeinander beziehen. Ist die Kongruenz groß, entsteht ein Dialog der Dynamik Replik–Gegenreplik. Fallen die Bezüge auseinander, entsteht die Dialogform Replik – Replik. Je mehr Sinneinheiten und Autor-Text einem Sprecher-Subjekt zugewiesen sind, um so deutlicher ist dieses Sprecher-Subjekt als Quasi-Person erkennbar. Obwohl. Vollständig wird diese Sinneinheit erst durch die Person des Schauspielers zur Erscheinung gebracht. Repräsentiert. Ist Realität.

Titel der Stücke:
Wesen eines besonderen Ganzen ist es, seinen Inhalt nur in der je ganz bestimmten Form zur Erscheinung bringen zu können.
Für mich heißt das, daß auch die Erinnerung an dieses Ganze nur in bestimmter Form möglich sein darf. Inhaltsangaben sind unmöglich. Die Verabredung auf einen Titel, der den Inhalt auf eine Chiffre festlegt, geht von einer linearen Faßbarkeit und einer linearen Dynamik aus. Meine Stücke nehmen einen komplizierteren geometrischen Verlauf und entziehen sich so dieser – eindeutigen – Chiffrierung. Die Ortsnamen stehen daher für die Welt als Möglichkeit.

Ort der Stücke:
Kontingente Lebenszusammenhänge finden im öffentlichen Raum statt. Die Sprecher-Subjekte können ohne Vorgeschichte und ohne private Prägung herbeizitiert werden. Entfremdetes Treffen. Reisen an alle Orte, die möglich sind, werden möglich. Und. Machtlose Menschen sind ohnehin überall der Öffentlichkeit ausgesetzt.
Ausnahme davon ist »Dentro. Was bei Lear's wirklich

geschah.«. Dieses noch unveröffentlichte Stück beschäftigt sich mit den Lear-Töchtern. Es spielt in Cordelias Kammer und in Regans Büro. Da in einer feudalen Herrscherfamilie aber ohnehin kein Ort privat ist – Privatheit ist ja eine post-feudale Erfindung –, sondern, dem shakespearschen Lear folgend, jeder Ort der Raum der Nachfolgeregelung ist, ist »Dentro.« demnach ebenfalls keine Ausnahme.

Benennung der Sprecher-Subjekte:
Mit der Namensgebung wird ein Sprecher-Subjekt konstituiert, das ein eigenes Wahrnehmungszentrum besitzt. Dieses Wahrnehmungszentrum ist Voraussetzung für die Möglichkeit, unabhängig zu agieren. Liegt dieses Wahrnehmungszentrum nicht vor, wird von einer schematischen Beschreibung aus agiert wie Der König. Der alte Mann. Die junge Schauspielerin. Die alte Frau. Dann beginnt der Sprecher-Text verschiebbar zu werden. Einerseits können Autor-Intentionen so direkt transportiert werden. Das wäre z. B., wenn das Sprecher-Subjekt als Sprecher auftritt, der in die Struktur des Stücks als Erzähler, Berichterstatter etc. eingreift. Je schematischer die Sinneinheit beschrieben ist, um so einfacher kann der Zuschauer sich identifizieren. Verringert sich der Abstand. Und sei es nur, weil die Vorstellungen von Dem König. Dem alten Mann. Der jungen Dirne. erfüllt werden. Einen solchen Vorgang möchte ich nicht auslösen. Alle Sprecher-Subjekte erhalten Namen, die bedeutungsbildende Funktion haben. Identifikationsfiguren der schematischen Art sind bei mir nur Strotter und Strotterinnen. Der stumme Chor der mit dem Leben Geschlagenen.

Sprecher-Text:
Der vollständige Satz ist eine Lüge. Im Entfremdeten kann nur Zerbrochenes der Versuch eines Ausdrucks sein. Das Ich des Aktivsatzes müßte leerelos über sich verfügen. Das Ich eines Passivsatzes müßte alle Tiefen kennen, in denen es getroffen werden könnte. Die Formel Subjekt/Objekt/Verb ist ein Angriff.
Mit dem Punkt kann der vollständige Satz verhindert werden. Der Punkt beendet den Versuch. Sätze sollen sich nicht formen. Nur im Zitat findet sich selig Vollständiges. Im Stakkato des Gestammels. In den Pausen zwischen den Wortgruppen ist das Suchen zu finden. Nach sich. Nach Ausdruck. Sind die Sprachleeren preisgegeben. Keine Zuflucht, sich ein Sätzchen mit nach Hause zu nehmen und in Kreuzstichmuster aufzuhängen. Sprache wird zerstückelt in ihre endgültige Säkularisierung. Kein hoher Ton als Einladung und Verführung mitzumachen. Teilzunehmen. Sich aufzulösen.
Wenn die Figuren auf der Bühne keine Sprache haben. Keine einfache. Und schon gar keine, die rollt. Und Schauer über den Rücken jagen kann. Dann ist jeder allein. Gemeinsam ist die Masse im ganzen Satz. Der ganze Satz verbindet sie. Trägt die Masse. Umfängt sie. Versetzt sie ins Taumeln.
In dem, was nicht gesagt werden kann. Oder nicht gesagt werden darf, bleibt jeder und jede allein. Jeder schweigt ein anderes Schweigen.
In »New York. New York.« »gesundet« der taubstumme Strichjunge Mick mittels Psychopharmaka in ein Rilke-Gedicht. Genauso plan soll es genommen werden. Mick kann dann auch nur die Frage »Wo bin ich?« stellen. Zu mehr führt es nicht.

Erlauben Sie mir, meine Ausführungen hier abzukürzen und auf ein Zitat aus meinem Stück »Waikiki Beach.« zurückzugreifen, in dem all diese Fragen geklärt werden.

Das Paar erstarrt, sie auf ihm liegend. Das Licht wechselt in sehr starke Spots, die die Couch mit dem Paar, die Lumpenbündel an der Rückwand, die Tür zum Büro, offene Aktenschränke etc. anstrahlen.
Ein Scheinwerfer begleitet die Drei Dicken Frauen auf ihrem Weg.
Die Drei Dicken Frauen tragen bei ihrem Auftritt in jeder Hand Einkaufsnetze, aus denen Lebensmittel quellen: Gemüse, Obst, Milch, Brot. Ihre Kleidung funkelt, flimmert und glitzert. Ihr Rundgang durch die Ausstellung erfolgt durchaus majestätisch. Ihre Aussagen zu der Ausstellung sind von kompetenter Sachlichkeit. Sie kommen durch die Tür, bleiben kurz stehen, betrachten den Gesamteindruck, danach gehen sie von einem Ausstellungsstück zum nächsten. Sie beugen sich den jeweiligen Gegenständen zu und betrachten sie genau. Währenddessen sprechen sie ohne jede Unterbrechung reihum.

1. DICKE: Hier muß es sein.
2. DICKE: Ja. Hier ist es.
3. DICKE: Ja. Ich glaube, hier muß es sein.
1. DICKE: Ich hoffe, es ist nicht wieder einer…
2. DICKE: …von diesen originellen Schauplätzen für eine Ausstellung.
3. DICKE: Während die Ausstellung wieder überhaupt nicht originell ist.

1. DICKE: Sind wir eigentlich zu früh?
2. DICKE: Zu früh? Das kann ich mir nicht vorstellen.
3. DICKE: Wir sind hier richtig. Ganz sicher.
1. DICKE: Ja. Also. Realismus. Scheint mir.
2. DICKE: Ja. Ohne Zweifel. Realismus.
3. DICKE: Die Wirklichkeit ist eben nicht zu umgehen.
1. DICKE: Die Frage ist ja nur...
2. DICKE: ...ob eine einfache Wiedergabe der empirischen Qualitäten ausreicht...
3. DICKE: ...auch das zu sein, was mit Kunst beschrieben werden kann.
1. DICKE: Ich stelle nur gleich fest...
2. DICKE: ...daß diese Art Realismus hier doch nicht ohne Zitate aus der...
3. DICKE: ...metaphysischen Vergangenheit der Kunst auskommt. Wie bei der Position dieser Couch...
1. DICKE: ...in der Mitte des Raums...

ALLE ZUSAMMEN: ...die Assoziation mit einem Altar unvermeidlich macht. Opfersituation. Das Liebespaar. Menschenopfer.

2. DICKE: Kann das nun eine zulässige Lösung werden...
3. DICKE: ...hier die Aufgabe der Bindung an eine Realität...
1. DICKE: ...und dann doch wieder Realität, wie hier...
2. DICKE: ...diese Frauenfigur. Die betrunkene Oberschichtfrau nach der Party.
3. DICKE: Ja. Die naturalistische Nachbildung bis ins trostlose Detail. Wie hier...

1. Dicke: ... die wirklich scheußlichen Ohrclips. Oder die verrutschten Strumpfnähte.
2. Dicke: Soll hier Sozialkritik transportiert werden?
3. Dicke: Was soll Sozialkritik in der Kunst? Auch nur eine Männersucht. Zu predigen.
1. Dicke: Künstler erfüllen auch gerne ihre sozialsakralen Aufgaben.
2. Dicke: Auch wenn es dann in ästhetischen Zynismus führen muß?
3. Dicke: So wie hier. Der Männerakt. Planer Narzißmus und vollkommene Aussagelosigkeit.
1. Dicke: Aber Schönheit.
2. Dicke: Die es nicht mehr geben kann.
3. Dicke: Die Skulptur kann doch ohnehin nur mehr die Sache selbst sein. Das kann man aufgeben...
1. Dicke: ... was hier versucht wird. Aber der Verzicht auf eine Aufnahme in die Ewigkeit...
2. Dicke: ... eines Kunsthimmels scheint den Künstlern doch schwerer zu fallen...
3. Dicke: ... als es ihr ästhetisches Gewissen zuläßt.
1. Dicke: Wie man noch auf die Idee kommen kann. Geradezu antiquiert kitschig. Ein mißlungener Versuch.
2. Dicke: Auch die Installation. Ein verlassenes Büro sagt nicht einmal etwas über seine Funktion.
3. Dicke: Die Verschleierung kann auch mit dieser widerlichen Detailtreue nicht verdeckt werden.
1. Dicke: Nur ein bißchen verstaubte Trostlosigkeit. Und hier...
2. Dicke: ... ein weiterer Versuch, in eine Wirklichkeit zu gelangen. Strotter. Hier. An der Wand. Seht ihr.

3. DICKE: Ich glaube, wir können das hier vergessen.
1. DICKE: Das hier...
2. DICKE: ...muß man nicht weiter...
3. DICKE: ...zur Kenntnis nehmen. Ein Foto...
1. DICKE: ...von dieser Szenerie...
2. DICKE: ...hätte genügt. Und dann...
3. DICKE: ...wäre es irgendein Foto...
1. DICKE: ...und nicht wichtig...
2. DICKE: ...einfach nicht wichtig.
3. DICKE: Es wäre die plane Wiedergabe...
1. DICKE: ...eines Versuchs, eine Wirklichkeit...
2. DICKE: ...herzustellen. Von jedem...
3. DICKE: ...Bild einer Wirklichkeit überholt.
1. DICKE: Ein etwas theatralischer Versuch mit dem Paar.
2. DICKE: Tragfähig ist das nicht.
3. DICKE: Hier sollte man dem Künstler raten...
1. DICKE: ...sich etwas radikaler daran zu erinnern...
2. DICKE: ...daß wenn schon Realität...
3. DICKE: ...dann nur noch die jeweils ganz...
1. DICKE: ...spezifische eigene Wirklichkeit eine Berechtigung hat.

Die Drei Dicken sind wieder an der Eingangstür angelangt. Sie wandern majestätisch hinaus. Man hört sie weggehen. Etwa vier Sekunden, nachdem der letzte Schritt verklungen ist, fährt wieder ein Auto vorbei, erhellt den Raum.

Das Licht wechselt erneut zu Neonbeleuchtung.

Eine glänzende Oberfläche soll entstehen, unter der die Leere gewußt werden kann. Eine Traumwelt, an derem

Ganzen ihre Zersplitterung nachgewiesen wird. Vorgeführte Emotionen, an denen die Frage jedes einzelnen abgehandelt werden kann, ob seine oder ihre Gefühle seine oder ihre Gefühle sind. Oder doch nur Reaktionen des Gehorsams.

Die formalen Strukturen der Dekonstruktion, Schnitt, Wechsel der Einstellung, Einschübe, Zitate, Collagierung linearer und räumlicher Natur machen jede Verführung in ein zusammenhängend Beruhigendes zunichte. Die Machtlosigkeit sich selbst gegenüber kann auf der Bühne Revue passieren.

Dazu wurde das Theater freilich nicht erfunden. Schon gar nicht dazu, nur Fragen zu stellen und keine Antwort bereitzuhalten. Und schon gar nicht dazu, die Behauptung aufzustellen, daß es so sei, und dann die Frage offen zu lassen, zu welchem Zweck das nun behauptet wurde. Was es bedeuten soll. Die Frage nicht zu beantworten, was man nun fühlen soll. Wie sich verhalten. Zu all diesen vorgeführten Angelegenheiten. Diese Frage offen stehen zu lassen. Und es jedem und jeder zu überlassen, dies selbst zu entscheiden. Und einzeln. Das eröffnet der Aufführung und ihren Möglichkeiten ein anderes Format. Synchronizität wird möglich. Zeitabläufe können neu strukturiert werden. Die Zeit der Aufführung kann durch zeitbezogene Mittel wie durch die Einführung des »Papageiensuchers« aus »Elysian Park.« oder dem »heavy metal ready made« in »Bagnacavallo.« von der realen Zeit unterschieden werden. Die Aufführung wird so noch mehr zur Aufführung in ihrem besonderen Ablauf. Jeder Anschein von Realismus wird im Keim erstickt. Die Theaterhaftigkeit bloßgelegt.

Auf der Fläche einer solchen Aufführung wird der Einsatz von Kunstmitteln möglich, die aus der Vorführung theatralischer Realitäten neue Erinnerungen schaffen können. Erinnerungen, die auf das eigene Schicksal zurückweisen. Auf das eigene banale Schicksal im Gewirr der Ohnmächtigkeit, wie es sich uns stets neu enthüllt und wie wir es stets neu durchmessen müssen.
In der Aufführung des sogenannten Klassikers. Nehmen wir eine Čechov-Aufführung. Oder einen Shakespeare. In dieser Aufführung wird durch die psychologisierte Motivierung der Figuren und Abläufe ein Realismus hergestellt, der sich um die Leere der patriarchal besetzten Insel des Unterbewußtseins anlagert. Diese Insel ausspart. Und damit wieder in ihre bedeutungsbildende Funktion einsetzt. Wiederholung also. Bestätigung des Patriarchats. Oder des Hirtlichen. Oder des Autoritären. Wie immer man das bezeichnen mag. Affirmativ in jedem Fall. Einzig Inszenierungen, die wie die Frank Castorffs die Strukturzusammenhänge radikal zerschlagen, entgehen dieser bestätigenden Wirkung von Klassikern.
Das Theater als Institution muß entscheiden, welche Funktion es wahrnehmen will. Es kann endgültig zum Reliquiar der imperialen Träume des sogenannten Klassikers – und damit letzten Endes des vorigen Jahrhunderts – werden. Und damit an der Reaktion der Nostalgie teilnehmen. Und sich im Bereich Operette ansiedeln.
Das Theater kann aber auch die Expeditionen ins Jetzt unternehmen, die aus einem intuitiven Begreifen im sinnlichen Erleben ein Verstehen und Erkennen entste-

hen lassen. Expeditionen zu den richtigen Fragen. Ich denke, Antworten hat es über Jahrtausende genug gegeben. Die richtigen Fragen wären aufzuspüren.
Lassen Sie mich an dieser Stelle einen kleinen Exkurs machen. Peter Ertle hat im »Schwäbischen Tagblatt« zu meinen Notizen in der Ankündigung zu dieser Vorlesung geschrieben, daß das »vollmundige Sätze seien, die man eher Flugschriften der sechziger oder frühen siebziger Jahre zugeordnet hätte!«
Heißt eine solche Feststellung, daß einmal Gedachtes erledigt sei? Passé? Altmodisch? Jedem Jahrzehnt seine eigene Revolution? Aber das Alte, das Überkommene, das wird weitergedacht? Unwidersprochen wieder da begonnen, wo aufgehört wurde? Gedacht wird doch wieder im Kanon des schon immer Gedachten. Ausgedrückt in der Sprache, die schon immer gesprochen wurde. Sich bewegt in diesem »immer schon«, das eine Erfindung des Nationalismus ist.
Die Gedanken der 60er und 70er Jahre haben keine geschichtsbildende Wirkung entwickelt. Das wohl, weil die meisten ihrer Träger ins Patriarchat, in die Macht zurückgegangen sind. Aus der sie übrigens nie ganz entfernt gewesen waren. – Ich kann nichts dafür, daß die Personen, die einmal die Opernhäuser in die Luft jagen wollten, heute in diesen Opernhäusern dirigieren. – Die Grundstrukturen waren nie in Frage gestanden. Es war nur eine andere Form von Verteilungskampf, der da nach 68 herrschte. Die Gedanken von damals sind jedenfalls, nicht einmal aufs oberflächlichste, integriert worden. Das wenige, was institutionalisiert werden konnte, wird heute systematisch zurückgebaut. Eine Untersuchung

der Alltagskultur ergibt das Bild, das ich Ihnen zu entwerfen versucht habe. Diese Gedanken sind nicht einmal in Erinnerung geblieben. Indem wir sie neu denken, enthüllen wir erst, daß sie schon gedacht worden sind. Beschreiben so ihre Geschichte.
Ulrike Meinhof hatte recht, hinzugehen und einen Anschlag auf ihr ehemaliges Heim zu verüben. Dieser gewalttätige Übergriff konnte in Erinnerung behalten werden. Ihre Worte waren vergessen, während sie gesprochen wurden.
Lassen Sie mich zum Abschluß noch einen Exkurs machen. Einen Exkurs in meine Prosa »Verführungen.«. Auch hier wird die eigene Programmatik mitgeliefert. Eine Gebrauchsanweisung. Sozusagen.

Helene ging in eine Vorlesung. Sie hatte beim Einkaufen eine Studienkollegin getroffen. Sie hatten beim Meinl rasch einen Kaffee zusammen getrunken. Helene hatte die Frau gefragt, was denn los sei. Im geistigen Wien. Sie käme nirgends hin. Helene hatte sich nicht mehr an die Kollegin erinnert. Die Frau hatte sie begrüßt. Helene konnte sich auch nicht an den Namen der Frau erinnern. Deshalb redete sie besonders lange mit ihr. Dabei hatte sie von der Vorlesung gehört. Zu der gingen alle. Der Vortragende sei ein gewisser Fabian Andinger. Und was er über Thomas Bernhard sage, das sei. Also der letzte Schrei ganz einfach. Helene hatte Thomas Bernhard nie so gern gelesen. Und vor 2 Jahren hatte sie aufgehört zu lesen. Helene hatte in den letzten 2 Jahren kein Buch mehr in der Hand gehabt. Schon die Vorstellung, eines aufzuschlagen, war unmöglich gewesen. Helene sagte

Frau Sprecher, sie müsse Büromaterial besorgen, und fuhr zur Universität. Die Vorlesung war im Hörsaal 41. Im Hauptgebäude. Helene folgte den Hinweistafeln. Sie fühlte sich fremd. Die Vorlesung begann um elf Uhr. Helene rechnete mit einem akademischen Viertel. Aber sie kam zu spät. Sie trat durch die Tür. Der Vortragende sprach schon. Sie mußte an ihm vorbeigehen. Alle Sitze an den Gängen waren besetzt. Sie mußte einen Mann bitten, sie vorbeizulassen. Der Student stand unwillig auf. Helene kam in der zweiten Reihe fast in der Mitte zu sitzen. Der Vortragende stand vor ihr. Er war 40. Dunkle Haare mit grauen Strähnen. Schlank. Er hatte ein Sakko auf den Katheder gelegt. Er stand in Hemd und Krawatte da. Die Krawatte baumelte und tanzte, wenn er etwas besonders eindringlich schildern wollte. Er schien gedämpfte Farben zu bevorzugen. Graurosa das Hemd. Graugrün die Hose. Ein brauner Gürtel. Die Krawatte eine Mischung aus all diesen Farbtönen. Er trug schwarze Birkenstocksandalen und schwarze Socken. Er sprach über das Versagen des Künstlers am apollinischen Ideal. Über die Richterposition, die die verschiedenen Ich-Erzähler einnähmen. Wie diese Ich-Erzähler zu Beginn des Werks sich selber richteten. Bis sie gegen Ende die anderen zum Tod verurteilten. Wegen dieses Versagens dem Ideal gegenüber. Daß Auersberger sich umbringen sollte, weil er ein mieser Künstler sei. Wie der Ich-Erzähler sich mißbraucht gefühlt. Wie er den Mißbrauch genossen. Erst. Und erst später als solchen erkannt hatte. Zu spät. Und dann eben mißbraucht gewesen. Wie die Sexualität in den Texten nur hintergründig, pubertär verschlüsselt aufträte. Daß alle Texte

Texte des Wahnsinns seien. Und wie in »Holzfällen« die Schuldigen lebten. Fett geworden. Wie die Opfer sich verrechnet hätten. Und deshalb Opfer. Wie die Frauen gefürchtet würden. Abgelehnt. Gehaßt. Als die phallisch strafende Mutter aufträten. Oder die depressiv leidende. Aber immer in Bezug auf den Mann zu sehen seien. Wie die Frau gewünscht und verwünscht würde. Helene hörte zu. Rund um sie wurde mitgeschrieben. Die Studentin in der Reihe vor ihr schrieb mit rotem Filzstift auf unliniertem Papier. Helene las mit. Auersberger = Lampersberger. Las sie. Und »fett«. Und »Musiker in der Nachfolge von Webern«. »Homosexualität« wurde unterstrichen. Die Studentin schrieb groß. Das Handgelenk verdrehend. Wenn der Vortragende sich zur Seite wandte. Oder aus einem Buch vorlas. Holte sie einen kleinen Spiegel aus der Handtasche und zupfte an ihren Haaren. Sie zog ihre Jacke aus. Dann den Pullover. Sie saß mit einem Top mit Spaghettiträgern da. Helene sah ihr zu. Die Studentin besetzte diesen Platz zu Füßen des Vortragenden sicher gleich nach der vorangegangenen Vorlesung. Wartete schon an der Tür. Neben der Studentin saßen 2 ältere Frauen. Eine hatte einen Kassettenrekorder vor sich. Sie kontrollierte immer wieder, ob das Gerät aufnahm. Die Frauen schrieben in kleine Hefte mit bunten Deckeln. Als der Vortragende sagte, Bernhard nähme Rache am weiblichen Prinzip, indem er die Frauen alt und häßlich werden ließe. Fett und aufgedunsen würden sie verlassen gegen Jüngere. Schönere. Da sahen die beiden Frauen einander an. Sie waren beide zart. Elegant. Die Frauen wären dann nicht mehr gefährlich, fuhr der Vortragende fort. Nur die Schönheit. Die weibliche Schönheit sei es, die die Gefahr darstelle. Der Vortragende sprach fließend und eindringlich. Vom Gegenstand beseelt. Helene hatte es befürchtet. Irgendwie hatte sie es sogar gewußt. Das alles interessierte sie nicht mehr. Es interessierte sie nicht mehr, den Künstlern auf die Schliche zu kommen. Helene folgte dem Vortrag mit Erstaunen über den Aufwand an Gedanken. Überlegungen. Sie wurde traurig. Sie hatte sich dem so lange gewidmet. Hingegeben hatte sie sich dem. Wie andere es gemeint hatten. Und. War der Vortragende mit seinem Versuch, die Biographie über das Werk zu entschlüsseln, nicht dem Dichter auf den Leim gegangen. Helene hatte immer das Gefühl gehabt, sie solle mit der bernhardschen Literatur für etwas bestraft werden, das sie dann auch begehen müßte. Als Auftrag. Aus dieser Literatur. Sie hatte seine Bücher immer als Angriff verstanden. Als persönlichen. Nicht gegen ein System. Gegen sie selbst. Als Frau hatte sie sich ohnehin nicht finden können. Oder mögen. Schadenfroh konnte man dem Scheitern der Männer folgen. Die dann die Frauen mit sich in den Abgrund rissen. Die ja auch einfach leben hätten können. Sie hatte etwas insistent Faschistisches tief versteckt vermutet. Einen geheimen Neid auf die, die offen faschistisch sein konnten. Und eine tiefe Menschenverachtung. Aber vielleicht war ja auch das ein auf den Leim Gehen. Herrenmenschen konnten schließlich nicht mehr geschildert werden. So wurde das Gegenteil illustriert. Am Versager. Und die Frauen waren daran schuld. An allem. Aber mehr auch nicht. Kinder hatte niemand. Das Erwachsenwerden wurde den Figuren so erspart. Ewig vorwurfsvolle Kinder. Zurückblickend auf ihre bösen faschistischen Eltern. Von denen sie sich alles nehmen hatten lassen. Alle endend. Fortsetzungslos. In die Vergangenheit gezwungen. Helene saß da. Hörte zu. Sah alles an. Ließ ihre Gedanken laufen. Und hoffte, es gäbe keine Diskussion. Sie wollte aus dem Hörsaal hinaus. Es gab aber doch eine Diskussion. Die linke der älteren Damen. Die mit dem Kassettenrekorder. Meinte, man könne das dem Menschen nicht abverlangen. Das Höchste. Das wäre ungerecht. Helene sah auf ihre Tasche auf dem Pult vor sich. Es wollte wieder jemand eine Ausnahme haben. Die Frau war indigniert. Es wäre ungerecht, wiederholte sie. Ätsch, dachte Helene, wieder aufgesessen. Und gratulierte Herrn Bernhard. Die Frau war erbost über den Autor. Also erfolgreich verführt. Von einem Dichter. Einem Mann. Natürlich. Sie wollte aber die Rigorosität seines Prinzips nicht. Nicht anwenden. So grausam konnte es doch nicht sein! Obwohl es seit jeher so gewesen. Und weil sie diesen Mann verehren wollte, erteilte sie sich moralische Dispens von diesem Prinzip. Ungerechtigkeit, nannte sie es. Unmenschlichkeit. Aber wenn sie es durchschaut hätte. Und ihre Rolle. Dann hätte sie den Siegelring vom kleinen Finger ziehen müssen und wegwerfen. Und den Diamantring dazu. Und sich am Hermés-Tuch aufhängen. Also besser, sie begreift es nicht, dachte Helene. Und wie schwierig mußte es eigentlich sein, als Mann mißbraucht worden zu sein. Besessen worden. Gehabt. Als Frau trainierte sich das. Und als Frau? Die Kinder blieben einem. In der Unerbittlichkeit einer auf alles eindringenden Realität war das auch Freiheit. Die Frau sprach weiter mit dem Vortragenden. Sie sah zu ihm auf.

Er sagte, »werfen wir dem Autor bitte nicht seine Figuren vor!« Die Studentin saß und drehte an ihren Haaren. Sie lächelte zum Vortragenden hinauf. Hatte sie auch einmal jemanden so angehimmelt, fragte sich Helene. Sie hoffte nicht. Sie zwang den Studenten neben sich aufzustehen und sie hinauszulassen. Helene ging als erste. Die letzten werden die ersten sein, dachte sie.

Literaturwissenschaft in der edition suhrkamp

Bachtin, Michail M.: Die Ästhetik des Wortes. Herausgegeben und eingeleitet von Rainer Grübel. Aus dem Russischen übersetzt von Rainer Grübel und Sabine Reese. es 967

Barthes, Roland: Der entgegenkommende und der stumpfe Sinn. Kritische Essays. Band III. Aus dem Französischen von Helmut Becker. es 1367

– Kritik und Wahrheit. Übersetzt von Helmut Scheffel. es 218

– Literatur oder Geschichte. Aus dem Französischen übersetzt von Helmut Scheffel. es 303

– Mythen des Alltags. Deutsch von Helmut Scheffel. es 92 und es 3309

– Das Reich der Zeichen. Aus dem Französischen von Michael Bischoff. es 1077

– Semiologisches Abenteuer. Aus dem Französischen von Dieter Hornig. es 1441

– Das Spiel der Zeichen. Ein Lesebuch. Herausgegeben von Raimund Fellinger. es 1841

Benjamin, Walter: Das Passagen-Werk. 2 Bde. Herausgegeben von Rolf Tiedemann. es 1200

– Versuche über Brecht. Herausgegeben und mit einem Nachwort versehen von Rolf Tiedemann. es 172

Bertaux, Pierre: Hölderlin und die Französische Revolution. es 344

Bildlichkeit. Herausgegeben von Volker Bohn. es 1475

Boal, Augusto: Theater der Unterdrückten. Übungen und Spiele für Schauspieler und Nicht-Schauspieler. Aus dem brasilianischen Portugiesisch von Henry Thorau und Marina Spinu. es 1361

Bohrer, Karl Heinz: Die Kritik der Romantik. es 1551

– Ohne Gewißheiten. Gegen eine Revision der Moderne. es 1968

– Der romantische Brief. Die Entstehung ästhetischer Subjektitvität. es 1582

Bovenschen, Silvia: Die imaginierte Weiblichkeit. Exemplarische Untersuchungen zu kulturgeschichtlichen und literarischen Präsentationsformen des Weiblichen. es 921

Brackert, Helmut: Bauernkrieg und Literatur. es 782

Brecht-Journal. Herausgegeben von Jan Knopf. es 1191

Brecht-Journal 2. Herausgegeben von Jan Knopf. es 1396

Briegleb, Klaus: »1968«. Literatur in der antiautoritären Bewegung. es 1669

Buch, Hans Christoph: Die Nähe und die Ferne. Bausteine zu einer Politik des kolonialen Blicks. es 1663

310/1/12.96

Literaturwissenschaft in der edition suhrkamp

Bürger, Peter: Aktualität und Geschichtlichkeit. Studien zum gesellschaftlichen Funktionswandel der Literatur. es 879
– Theorie der Avantgarde. es 727
Dedecius, Karl: Poetik der Polen. Frankfurter Vorlesungen. es 1690
Dekonstruktiver Feminismus. Literaturwissenschaft in Amerika. Herausgegeben von Barbara Vinken. es 1678
Deleuze, Gilles: Kritik und Klinik. Aus dem Französischen von Joseph Vogl. es 1919
Deleuze, Gilles / Félix Guattari: Kafka. Für eine kleine Literatur. Aus dem Französischen von Burkhart Kroeber. es 807
Deleuze, Gilles / Claire Parnet: Dialoge. Aus dem Französischen übersetzt von Bernd Schwibs. es 666
Deutschsprachige Gegenwartsliteratur: Wider ihre Verächter. Herausgegeben von Christian Döring. es 1938
Federman, Raymond: Surfiction: Der Weg der Literatur. Hamburger Poetik-Lektionen. Aus dem Amerikanischen von Peter Torberg. es 1667
Fellinger, Raimund: Paul de Man - Eine Rekonstruktion. es 1677
Felman, Shoshana: Der Wahnsinn und das Literarische. Aus dem Französischen von Dieter Hornig. es 1918
Fragment und Totalität. Herausgegeben von Lucien Dällenbach und Christiaan L. Hart Nibbrig. es 1107
Frank, Manfred: Gott im Exil. Vorlesungen über die Neue Mythologie. II. Teil. es 1506
– Der kommende Gott. Vorlesungen über die Neue Mythologie. I. Teil. es 1142
– Motive der Moderne. es 1456
Genette, Gérard: Palimpseste. Die Literatur auf zweiter Stufe. Aus dem Französischen von Wolfram Bayer und Dieter Hornig. Herausgegeben von Karl Heinz Bohrer. es 1683
Hahn, Barbara: Unter falschem Namen. Von der schwierigen Autorschaft der Frauen. es 1723
Hart Nibbrig, Christiaan L.: Die Auferstehung des Körpers im Text. es 1221
Hecht, Werner: Sieben Studien über Brecht. es 570
Hijiya-Kirschnereit, Irmela: Was heißt: Japanische Literatur verstehen? Essays zur modernen japanischen Literatur und Literaturkritik. es 1608
Hörisch, Jochen: Gott, Geld und Glück. Zur Logik der Liebe in den Bildungsromanen Goethes, Kellers und Thomas Manns. es 1180

310/2/12.96

Literaturwissenschaft
in der edition suhrkamp

Jauß, Hans Robert: Literaturgeschichte als Provokation. es 418

Johnson, Uwe: Begleitumstände. Frankfurter Vorlesungen. es 1820 und es 3322

Kenner, Hugh: Ulysses. Aus dem Englischen von Claus Melchior und Harald Beck. es 1104

Krippendorff, Ekkehart: Politische Interpretationen. Shakespeare, Stendhal, Balzac, Wagner, Hašek, Kafka, Kraus. es 1576

– »Wie die Großen mit den Menschen spielen.« Goethes Politik. es 1486

Kristeva, Julia: Geschichten von der Liebe. Aus dem Französischen von Dieter Hornig. es 1482

– Mächte des Grauens. Ein Versuch über den Abscheu. Aus dem Französischen von Xenia Rajewski. es 1684

– Die Revolution der poetischen Sprache. Aus dem Französischen übersetzt und mit einer Einleitung versehen von Reinold Werner. es 949

– Schwarze Sonne – Depression und Melancholie. es 1594

Kultur und Konflikt. Herausgegeben von Jan Assmann und Dietrich Harth. es 1612

Lejeune, Philippe: Der autobiographische Pakt. Aus dem Französischen von Wolfram Bayer und Dieter Hornig. es 1896

»Literaturentwicklungsprozesse«. Die Zensur der Literatur in der DDR. Herausgegeben von Ernest Wichner und Herbert Wiesner. es 1782

Mahony, Peter: Der Schriftsteller Sigmund Freud. Aus dem Englischen von Helmut Junker. es 1484

de Man, Paul: Allegorien der Lektüre. es 1357

– Die Ideologie des Ästhetischen. Aus dem Amerikanischen von Jürgen Blasius. Herausgegeben von Christoph Menke. es 1682

Mayer, Hans: Das Geschehen und das Schweigen. Aspekte der Literatur. es 342

Über Hans Mayer. Herausgegeben von Inge Jens. es 887

Meckel, Christoph: Von den Luftgeschäften der Poesie. Frankfurter Vorlesungen. es 1578

Menninghaus, Winfried: Paul Celan. Magie der Form. es 1026

– Schwellenkunde. Walter Benjamins Passage des Mythos. es 1349

Moser, Tilmann: Romane als Krankengeschichten. Über Handke, Meckel und Martin Walser. es 1304

Mythos und Moderne. Begriff und Bild einer Rekonstruktion. Herausgegeben von Karl Heinz Bohrer. es 1144

310/3/12.96

Literaturwissenschaft in der edition suhrkamp

Oehler, Dolf: Pariser Bilder I (1830-1848). Antibourgeoise Ästhetik bei Baudelaire, Daumier und Heine. es 725

Ein Pronomen ist verhaftet worden. Die frühen Jahre in Rumänien - Texte der Aktionsgruppe Banat. Herausgegeben von Ernest Wichner. es 1671

Reichert, Klaus: Vielfacher Schriftsinn. Zu »Finnegans Wake«. es 1525

Rühmkorf, Peter: agar agar – zaurzaurim. Zur Naturgeschichte des Reims und der menschlichen Anklangsnerven. Textillustrationen vom Autor. es 1307

Schlaffer, Heinz: Der Bürger als Held. Sozialgeschichtliche Auflösungen literarischer Widersprüche. es 624

Sozialistische Realismuskonzeptionen. Dokumente zum 1. Allunionskongreß der Sowjetschriftsteller. Herausgegeben von Hans-Jürgen Schmitt und Godehard Schramm. es 701

Szondi, Peter: Theorie des modernen Dramas. es 27

Tendenz Freisprache. Texte zu einer Poetik der achtziger Jahre. Herausgegeben von Ulrich Janetzki und Wolfgang Rath. es 1675

Typologie. Internationale Beiträge zur Poetik. Herausgegeben von Volker Bohn. es 1451

Übersetzung und Dekonstruktion. Herausgegeben von Alfred Hirsch. es 1897

Uspenskij, Boris Andreevič: Poetik der Komposition. Struktur des künstlerischen Textes und Typologie der Kompositionsform. Herausgegeben und nach einer revidierten Fassung des Originals bearbeitet von Karl Eimermacher. Aus dem Russischen übersetzt von Georg Mayer. es 673

Vargas Llosa, Mario: Gegen Wind und Wetter. Literatur und Politik. Aus dem Spanischen von Elke Wehr. es 1513

– Die Wirklichkeit des Schriftstellers. (A Writer's Reality). Essays. Aus dem Englischen von Lieselotte Kolanoske. es 2003

Verteidigung der Schrift. Kafkas »Prozeß«. Herausgegeben von Frank Schirrmacher. es 1386

Zimmermann, Hans Dieter: Der babylonische Dolmetscher. Zu Franz Kafka und Robert Walser. es 1316

– Vom Nutzen der Literatur. Vorbereitende Bemerkungen zu einer Theorie der literarischen Kommunikation. es 885

310/4/12.96